GOBOOKS
& SITAK
GROUP©

GOBOOKS
& SITAK
GROUP©

三日月書版

三日月書版

輕世代
FW263

Residence of Monsters

妖怪公館の新房客

Upside down不祥的黑夜 11

NOVEL 藍旗左衽 ILLUST zgyk

三日月書版

妖怪公館の新房客

《人物設定》

封平瀾

人類，曦舫國際學園高一新生。
極度樂觀，少根筋，經常搞不清楚狀況。
必須打工賺取學費生活費，使得個性上也有窮酸摳門的一面。
身兼多職導致易疲累，因此非常討厭休息時被打擾，有嚴重的起床氣。
有著手賤的毛病，熱愛肢體接觸。

百嘹

妖魔（魔蜂）。

長相俊美，心機深沉，總是帶著玩世不恭的笑容，因此極受女性歡迎。

輕佻的說話方式，讓人無法分辨其話語中是謊言還是真心。重度嗜吃甜食。

偽裝身分：學生

奎薩爾

妖魔（羽翼蛇），公館內眾妖之首。

孤高冷厲，長相英俊但萬年臭臉。對自己在妖魔界的主子雪勘皇子非常忠心。

討厭人類，但在封平瀾身上看見和自己主子相似之處，

所以不自覺對封平瀾產生微妙的好感，然後又因此感到生氣懊惱。

偽裝身分：校醫

墨里斯
妖魔（黑豹）。
火暴衝動，豪邁不羈。
個性好惡分明，喜怒形於色的硬漢。
喜歡鍛練身體，動作粗暴，常會弄壞東西。
私底下非常喜歡小動物。
希茉
妖魔（妖鳥）。
個性內向畏縮，瀏海蓋過半張臉，害怕與異性接觸。
私底下非常喜歡看重口味的少女漫畫和言情小說。

冬犽
妖魔（雪貂）。
溫柔木訥的好男人，被觸及地雷會變得非常恐怖。
喜歡做家事，有點潔癖，料理若手。
缺點是愛亂花錢，對於家電和清潔用品毫無招架之力。
偽裝身分：學生
璁瓏
妖魔（龍）。
神經質小心眼又愛記恨的傲嬌一枚，
記憶非常好，腦中有人界和妖界的所有知識。
有搜集汽車火車模形的嗜好，但不管坐任何陸上交通工具都會暈車。
偽裝身分：學生

曇華
妖魔（花妖）。
個性謙卑拘謹，溫柔和善。
封印被海棠解開，從此忠心侍奉海棠。
海棠
人類，曦舫國際學園高一新生。
高傲的小少爺。
個性火爆易怒，好挑釁爭鬥，有時又容易鑽牛角尖、陷入彆扭之中。

伊格爾

人類，曦舫國際學園高一新生。
個性老實，木訥寡言，為人重義氣。
與契妖伊凡一同入學，因為極為相似的外貌，
一般被人誤以為是孿生兄弟。

伊凡

妖魔（???）。
個性狡黠任性，愛熱鬧，非常孩子氣。
自行選擇伊格爾訂立契約，並化為與伊格爾極為相近的外貌。
偽裝身分：學生

殷肅霜

妖魔（鶚鳥）。
影一A班導，學園理事長的契妖之一。
沉穩內斂，不苟言笑，但十分照顧學生。身體狀況似乎不太好，辦公室裡放了不少藥，
總是在喝瑟諾為他特製的藥草茶。

瑟諾

妖魔（天馬）。
校工兼衛生組幹事兼影校教師，學園理事長的契妖之一。
懶散隨性，外表邋遢隨便，總是穿著運動褲和拖鞋在校內移動，
煙不離嘴。擅長醫療和藥草學，是影校妖魔的專屬醫師，不過沒什麼人敢給他看病。

清原謙行
人類，來自古老神官家族的少爺。
個性和善斯文，說話非常客氣有禮。因為生活背景的緣故，
和一般社會有些脫節，有時語出驚人而不自覺。隱藏的身分為滅魔師。
蜃煬
不知是妖魔還是人類。
協會的化驗和情報機構雅努斯的管理者，
因為犯了重罪而被封在殯儀館深處，為協會工作以償債。
個性癲狂，任性無常，隨自己的心情選邊站，不屬於任何陣營。

封靖嵐

人類，封平瀾的哥哥，滅魔師。
身分和行蹤神秘不定，因為不明原因與封平瀾疏遠。面對合作對象時總是掛著客套的笑容，
但行事手段陰狠。周旋於各陣營之間，只為了達成深藏在心底的目的。

瓦爾各

妖魔（狼族）。
被三皇子派遣跟在東尉身邊的妖魔，身形高大，個性耿直，作風硬派，
但有時卻展現出細膩的一面。對東尉的背景和想法有著高度好奇，
雖然名義上是三皇子的手下，卻對東尉有著莫名的好感與忠心。

目錄

Chapter1 越是乖巧優秀的好孩子，
越有可能做出驚天動地自我毀滅的事 019

Chapter2 突如其來的人事異動，通常和性醜聞有關 049

Chapter3 如果電梯和大眾交通工具上的監視器附有紅外線熱感鏡頭，
或許能扼止那些
在密閉空間偷放屁還裝成是受害者的傢伙犯案 077

Chapter4 行爲瘋狂詭異的人，通常有著不爲人知的黑暗過去，
但更多的時候，只是中二病發還未痊癒 107

Chapter5 思春期的男孩連掰竹筷都能想歪 135

Chapter6 大人要求小孩子做的事，有時候沒有什麼道理，
只是想讓耳根清淨 167

Chapter7 那些美好的、歡樂的、感動的夢，是最糟糕的惡夢，
因爲醒來的那一刻便會發現，眞實的自己仍然一無所有 197

Chapter8 對學生而言，比起自己請長假更開心的事是老師請長假 229

Chapter9 不要輕易逼敵手攤牌，因爲你有可能發現對方拿了一手好牌 255

Epilogue 黑暗傾巢而出，但更深的黑夜還未到來 275

Chapter1

越是乖巧優秀的好孩子，越有可能做出驚天動地自我毀滅的事

不要離開，不要留下我。拜託。

惶恐無助的面容只是看著奎薩爾，什麼話也沒說。但他聽得見那寫在眼底、藏在心底的呼求。

半山腰的雪白洋樓，閃現出強烈的炫光，一道黃紫交纏的半透明光霧有如箭矢劃過天空，一瞬即逝。

雖只是電光石火間，但強大的妖力足引起妖魔的注意。早已布局在山腳下、隸屬三皇子的兵將們，鎖定目標，起身追獵。

空間被嵌入一道扭曲的通道。通道內光影雜駁，有如波動的水面。通道外的景物模糊蕩漾，只看得見大約的輪廓。

六名契妖跟在管理員身後，沉默地消化著方才發現的事實。

「那滅魔師是封平瀾的哥哥。」墨里斯低語。

「或許不是親兄弟……」冬犽避重就輕地回答，試圖幫封平瀾的立場說些什麼，但沒什麼效用。當封平瀾和那滅魔師站在一起時，他們清楚地看見，兩人的長相有多麼相似。

「那平瀾他……一開始就知道了嗎？」

沒人接話，因為沒人知道答案，也沒人敢斷然地給予否認或肯定。

奎薩爾的心思和同伴一樣紊亂，但占據他思緒的不是滅魔師，而是封平瀾的臉。

「他是我哥哥……」

封平瀾惶恐錯愕的表情、浮現眼前。

奎薩爾咬牙，惱怒、煩躁、茫然又焦慮的複雜情感，占據了他的思緒，取代了原本的憤恨。

他的心情非常地躁亂。他習慣的是憤怒和憎恨這種果斷而乾脆的情感，能以武力解決問題的情感。他討厭現在這種不知該如何定位、如何應對的不安。

他想冷靜下來，思考回想種種蛛絲馬跡，整理出真相。

但他無法思考。

封平瀾那槁木死灰、絕望不安的面容，一直揮之不去。

奎薩爾低咒了聲。

不要露出那樣的表情……他不想看……

不要再讓他變得更不像自己。

「張開防護，三秒後準備躍離通道。」管理員開口指示。眾妖待命。

三秒後，通道地面炸起了一陣不穩定的光瀑，將通道內的人捲入。

紫黃色的通道晃蕩，接著恢復穩定，無人行進的通道仍持續運行，誘導著追兵。

躍入光瀑中的契妖們，激起了一陣妖力的逆衝波，反噬、侵襲著闖入者。

眾妖咬牙張起防護，在這樣的環境裡，光是平穩站立都很吃力。

管理員領在前方，看起來仍是一派輕鬆，「還有二十秒鐘這條捷徑就會關閉。」他不耐煩地嘖了聲，「搞什麼，公園裡推助行器的老人動作都比你們快。」

眾妖怒瞪管理員，使盡全力，加快腳步，衝向光瀑彼端的黑色出口。

穿過光瀑後，迎面而來的是一片黑暗。光瀑中的強光使得契妖們的視力一時無法適應，只能站在原地，以其他感官來探索目前所在之地。

地面是軟的，似乎鋪了層厚墊。空氣中帶著股菸味，溫度也比方才暖了些。這令他們感到困惑。

下一刻，米色的柔和燈光亮起，揭曉了整個空間的樣貌。

那是個極為寬敞的套房，房內的裝潢是新古典風格，以米色、白色、原木色為主調，華麗卻不浮誇。米色的大理石地面上，鋪著幾何花紋的地毯。其中一側的牆嵌著大片的窗，透入了黎明前的市景。

同時，他們也看見了三個熟悉的面容。

「嗨。」瑟諾背靠著沙發，蹺著腳，叼著菸，只穿著四角褲，一派慵懶地揮了揮手，「你們早到了。」

管理員箭步向前，摘下瑟諾口中的菸，本想壓向菸灰缸，但桌上的水晶菸灰缸早已像亂葬崗一般，被無數菸屁股堆成雜亂的小丘。他懊惱地低吼了聲，直接把菸丟入裝著深綠色汁液的杯子裡。

「這裡不是布萊頓的天體海灘！」

「你的沙發布料比我的衣服還柔軟舒服。」瑟諾邊說邊拿起桌上的杯子，撈出菸蒂，正打算舉杯喝飲杯中物時，被殷肅霜一把搶下杯子，直接制止。

「夠了，去穿衣服。」殷肅霜冷聲指示。

瑟諾抓了抓頭，乖乖站起身。

奎薩爾等人看著眼前的情境，雖然仍一頭霧水，但可以確認目前是安全的。

「……這是哪裡？」璁瓏率先發問。

「臨近市區的度假會館。」管理員走向吧檯，打開冰箱，往玻璃杯裡倒入暗褐色的液體，接著夾了幾片檸檬丟入杯中。「會員制，只讓繳得起百萬年費的會員使用，對會員的隱私有絕對的保護，是政商名流進行各種非法交易、非法娛樂的最佳選擇。也是協會某些腐敗召喚師尋歡偷情的好地點。」

「這是我們的祕密據點之一，雖然離曦舫不遠，但隱密性很高，加上方才的通道咒語已經將大半的追兵引到了幾百公里外，只要謹慎行事，就不會被發現。」殷肅霜解釋。

契妖們互看了一眼。

確實，沒人會料想得到，他們逃亡時會選在這麼近、這麼奢華的地方當棲身所。

「封平瀾呢？」殷肅霜開口。

「被滅魔師留下了。」管理員沒好氣地嚼了嚼冰塊，「新情報，那滅魔師是封平瀾的哥哥。情況越來越有趣了，對吧？」

殷肅霜等人聞言，臉色微變。

這代表理事長的預言是正確的，但是情勢卻越來越不利……

「你們怎麼在這裡？」墨里斯接著詢問。

「和你們一樣，逃亡中。」殷肅霜嘆了口氣，「當你們不在人界的時候，理事長被捕入獄，學園將由其他人掌管。」

殷肅霜簡要地向契妖們陳述了現下的情勢：理事長被誣陷入獄，紳士怪盜的訊息，協會中央被綠獅子滲透……

奎薩爾等人的表情越發暗沉。

「所以那名滅魔師是綠獅子的人？」冬犽從殷肅霜的情報，做出了推測。

「是的，顯然他背叛了協會。」管理員抓了抓下巴，「不過，似乎不只如此。因為剛才的追兵全是妖魔，沒有召喚師。」

「那是三皇子的手下……」

管理員挑眉，「皇族的人和不從者混在一起做什麼？」

「我們在幽界得到情報，三皇子打算在人界建立帝國。」冬犽開口，「協會是綠獅子和三皇子的共同敵人，他們聯手結盟也很合理……」

「和人類聯手建立帝國？」管理員發出了一記極其不屑的嗤聲，「真沒出息。」

「所以，目前情況大致如此，」歌蜜苦笑，「一面倒地居下風呢。」

「沒有任何好消息嗎？」

「協會的人切斷了丹尼爾和我們之間的契印，以為這樣會讓我們耗弱而死。但他們不知道我們已和其他人立約，仍能在人界自由行動。」

這算好消息，但和目前慘烈的情勢比起來，微不足道。

「理事長的人馬只剩你們三個？」墨里斯微愣，「沒有其他幫手？」

「還有葉珥德，他仍留在學園裡做內應。不過丹尼爾被捕之後，他和柳浥晨受到全天候的嚴密監視，基本上無法聯繫，也無法有太多作為。」

眾妖沉默。

他們終於確認了敵人的身分，但是已經來不及了。他們在人界唯一的援手，此刻也自身難保。

「那社團研的其他學生呢？也都被捕了？」璁瓏開口，努力讓自己的語氣聽起來漫不經心。

百嘹看向璁瓏，輕笑，「你是在關心那些人類嗎？」

「我只是順便問問，畢竟他們確實有些能耐，在必要時派得上用場。」璁瓏撇過頭。

「他們有什麼理由幫助我們呢？」百嘹笑著反問，「我們並不是那些人類真正的同伴吶。」

璁瓏微微一頓，接著皺起眉，不再說話。

「那些學生沒事。」殷肅霜開口，「丹尼爾被捕的主要理由是與不從者勾結，罪證全指向他一人。那名滅魔師似乎沒有把社團研和你們的事呈報上去。」

「為什麼？」讓協會攪和進來，不是更能置他們於死地？

「不知道，或許他們實際掌握的權力並沒有我們想像的那麼大。」殷肅霜停頓了一秒，「又或者，他們另有其他的計畫。」

「現在也只能走一步算一步了。」管理員不耐煩地開口，接著轉頭望向奎薩爾，「有什麼問題嗎？如果這是你對待救命恩人的態度，只會讓人覺得救了你是一個錯誤。」從進屋之後，這傢伙一直用冰冷而敵視的目光瞪著他，看了就礙眼。

「我只有一個問題……」始終沉默的奎薩爾沉聲低語，以有如刀刃般森冷的目光，緊盯著坐在沙發上的管理員。「你是誰？」

丟出問句的同時，地面上的影子竄動，瞬間豎起，化成十二道尖銳的影刃，像花瓣一樣將管理員團團環繞，尖刃指向對方的頸子。

殷肅霜等人愣愣，沒料到奎薩爾會這麼做。

冬犽等人則是在奎薩爾發動攻擊時，全員進入備戰狀態，似乎對這發展並不意外。

被致命的武器包圍，管理員卻不以為然，彷彿眼前的武器並不構成威脅。

「這是你要求別人自我介紹的方式?殷肅霜，你應該早點轉介他去輔導室接受心理諮商的。」

奎薩爾不為所動，緊盯著管理員，「你能化形成雙眸異色的烏鴉，對吧?」

「對。所以呢?我有時候還會穿左右異色的襪子，睡姿不佳的時候我身上的某部分甚至也會左右異色、大小不對稱。」

眾人看著管理員的視線，下意識地往下移了些。

「我是說臉頰!」管理員瞪向奎薩爾，「這就是你想問的第一個問題?你剛是用頭撞破光瀑走出來的嗎?」

「十二年前，我們被滅魔師封印的那一晚，也有一隻一樣的烏鴉從那屋子飛離。」冬犽看著對方，緩緩補充，「我們從伺目的眼睛裡看到的。」

「是嗎。看來你們的小花招比我預期的複雜了些呢。」管理員輕笑，「我確實在十二年前監視過那棟屋子，那又如何?」

「或許，你和那名滅魔師一樣，背叛了協會。」奎薩爾緩緩說道，「你知道我們去了幽界，或許你也知道我們去幽界找了誰，所以為了方便打探消息，你裝作是我們這一方的人，演出捨命相救的戲碼。」

「真是睿智的推理。」管理員重哼了聲，「如果你們更有能耐的話就會發現，不只那一夜，在封印解開之後我也經常在那棟洋樓附近出沒盤旋。如果你繼續質疑我是滅魔師的手下，我會痛揍你們某部位直到左右異色，不是臉頰。」說完，他重重彈指，數道光自指尖射出，將環繞在頸邊的影刃擊碎。

奎薩爾略微詫異。雖說他方才並未使出全力，只是威嚇，但能在瞬間就將所有影刃破碎，並不是一般妖魔能辦到的。

「我也知道，你們去了幽界找絲帕蔻娜那臭婆娘占卜。你們就像是偷抽菸的小鬼，自以為自己幹了什麼了不起的大事，愚蠢可笑！當我看見封平瀾完好無缺地出現，就知道你們根本沒打聽到任何有用的情報。」管理員勾起陰狠的微笑，「但不得不說，幹得好。若不是如此，我方才會很樂意站在窗邊，看著那個滅魔師像踩死蟲子一樣把你們碾碎。」

一瞬間，妖魔們感覺到一陣強大的壓迫感。

他們確定了眼前的妖魔不是三皇子或滅魔師的手下，因為這樣的強者，不會甘願居於那樣的人之下。

「理事長為什麼要監視我們？他是聽了誰的指示？」璁瓏提問，「還有，你既然這麼強，為什麼受限於人類，成為人類的契妖？」

「我不是任何人的契妖，丹尼爾和我只是合作關係。」管理員笑了笑，「何不問問，殷肅霜他們的契約被切斷之後和誰立契？除了丹尼爾那種天才怪物，這世上有誰能一口氣和三名妖魔立契？」

眾妖茫然，無法了解管理員話語中的暗示。

「你就直接說吧。」殷肅霜沒好氣地開口。

「你的學生資質真差。」管理員哼了聲，看向百嘹，「其他人就算了，連你也沒認出來？」

百嘹挑眉，望著眼前的人，試著搜尋記憶，但是無解。

管理員嘆了口氣。

「我說過，即使逃亡在外，也要過得有皇家風範。看到這樣的避難所，沒讓你有所聯想？」管理員摘下太陽眼鏡，露出有著黑紅異色眼眸的容顏，「想起來了嗎，百嘹？」

百嘹的笑容因驚訝而僵在嘴角。

他從那蒼勁的容顏中，看到了熟悉的俊逸與玩世不恭的狂狷。那是在數百年前，他還未加入雪勘皇子麾下時，陪他一起在幽界遊闖荒唐的同伴。

「……索法？」

妖魔們錯愕。

那是上一代的皇子、雪勘皇子的叔父，被人戲稱為廢皇子的索法親王。

位於南方的偏遠鄉野，有棟孤立的老舊透天厝。

極有年代感的老屋子裡，鋪著赭紅色磁磚。客廳地面，躺了具無頭的臃腫軀體。那是這棟屋子原本的居民之一。

宗蜮蹲在軀體旁，拿出隨身攜帶的工具，以熟練的手法，將妖偶分解成無數細部。

這妖偶是宗家的祕傳技術，不能隨意丟棄在外，他有責任銷毀，確定家傳的異術不會外流。

越是拆解，宗蜮的內心越是下沉。

妖偶的製造時間大約是三年前，那時的蜃煬早已被送往雅努斯服刑，加上妖偶身上沒有宗氏一族的核可印記，由此可見，這不是出於本家授權所製作的東西。

「你還想做什麼……」宗蜮惱恨地咬牙低喃，「連易體轉魂這樣的禁咒你都做了，還有什麼事值得你犯禁？」

蜃煬陰陽難辨的面容浮現在他的腦海中，接著，轉變為一名清麗的女子。女子的面容與蜃煬有幾分神似，她嘴角上揚，漾著喜悅而滿足的笑容。

「小蜮，告訴你一個祕密。」女子彎下腰，在宗蜮的耳邊輕語。

宗蜮討厭這個動作，因為這讓他顯得很幼小，顯示出了他與她年齡的差距。他不想被當成孩子。

但他同時也喜歡這個動作，因為她離他很近，而且她只對他一人這樣。

「我有喜歡的人了。」女子說完，露出不好意思的羞怯笑容。

宗蜮沒有笑。

「是藤家的人？」藤家和宗家一直關係友好，兩家人經常往來，互相造訪。

「不是。」

「姜家？還是魏家？」宗蜮繼續追問，「該不會是赫蒙特家的人吧……」

「我不能告訴你他是誰。」她微笑，繼續開口，「他是個很特別的存在，總是保護我。雖然話不多，但是我們彼此心意相通。」

宗蜮心不在焉，在腦中搜索可疑的名單，同時計畫著要怎麼惡整名單上的人。

或許她看了那些蠢少爺出醜的模樣就會幻滅了。

「他會為我而死。」

宗蜮看向女子，對方表情堅定，眼裡融合著戀慕和信任。

他在心裡暗暗詛咒，希望那不知名的人士最好早點死掉。

女子笑了笑，堅定地輕語，「而我也是。」

宗蜮的心下沉。

一年後，她和她口中的那一位戀人，證實了這誓言。

思緒回到眼前，宗蜮悵然地看著支離破碎的妖偶。

如果他早點阻止，說不定結果會不一樣。

或許她仍然會把他當成孩子，而他永遠沒機會成為她戀慕的對象。但是，至少他還有機會再次聽見她湊在自己耳邊輕語……

宗蜮起身，在地面張起結界，接著以沾著特殊藥水的符紙當火引，點燃，扔到殘肢上。片刻，帶著藍色冷光的火燄將妖偶燒得乾乾淨淨，連點碎渣也沒留下。

當海棠和宗蜮離開封平瀾家的老宅時，天色已黑。兩人回到車站，坐上列車，準備歸返。

海棠看著宗蜮陰沉的臉。雖然宗蜮平時的態度總是陰陽怪氣，但是此刻他感覺得到對方的怒意。一種發現自己被矇騙、被隱瞞的慍怒。

「喂。」海棠叫了宗蜮一聲。對方沒搭理，他便用手肘推了推身旁那肥胖的身軀兩下，「喂。」

宗蜮轉頭，冷眼望向海棠。

這傢伙又想幹嘛……

「你在不爽什麼？」海棠問道。

宗蜮挑眉，「因為我旁邊坐了包會發出噪音的垃圾。」

「你才垃圾！媽的你講話真的很討人厭！」

「那你何必來搭話？幹嘛那麼下賤。」

「你——」海棠怒瞪宗蜮，片刻，壓下怒氣，悻悻然地哼了聲，「算了，不和你這幼稚的臭胖子計較。還有，你才下賤，你全家都下賤。」

宗蜮翻了翻白眼。

誰才幼稚啊……

宗蜮以為耳根終於能清淨，但過沒幾分鐘，身旁的人再次用手臂撞他。

「喂，你剛說那個妖偶是蜃煬做的。蜃煬是你的什麼人？」宗蜮斜眼瞪了海棠一眼，氣惱自己在屋裡一時沒多想，透露了情報。「……你想怎麼樣？」別以為抓到了威脅他的把柄。

「我只是覺得你好像很在意他。」

「然後？你想表示什麼？」

「只有被在意的人欺騙隱瞞，才會那麼生氣。」海棠停頓了片刻，淡淡地開口，「我可以理解。」

當魏家宗長打算收他為繼子時，他並不知情。

那一天宗長下令，要他搬去主屋居住。母親哄騙他說，宗長賞識他的才華，想要多了解他。只要去主屋住個幾天，就可以回分院了。

他雖對母親帶著苦楚的笑容感到困惑，但他信任她，所以沒有任何遲疑地前往。

但前往主屋之後，他便發現，自己的身分已經不是忌部家的海棠，而是魏淞芳的繼子，魏海棠。他的母親也已被遣返京都的忌部本家。

位在偏遠分院的小屋，再也沒人等著他回去了。

他非常生氣，對於母親的行為既氣憤又不捨。他更氣恨的是他自己，因為他完全束手無策，只能接受現況。

現在的宗蝛就和那時的他一樣。

宗蝛嗤聲，「如果你的目的是想讓我反胃作嘔，你成功了……」他習慣地回以冷嘲熱諷。

「哼，要吐就吐，這只會讓你看起來像孕婦！臭胖子！」海棠惱怒地將頭轉向一邊。

宗蝛看著海棠，覺得莫名其妙。

這笨蛋少爺是亂撿了什麼東西吃？怎麼突然像個小女生一樣，分享心情了起來——慢著，難道這傢伙是在關心他？

宗蝛盯著海棠，看著那惱羞的臉。對方的怒顏裡，帶了幾分尷尬和羞窘，耳輪甚至微微發紅。

他忍不住挑眉。

看來，笨蛋少爺也不習慣對人釋出善意。

看著那隻通紅的耳朵，宗蝛突然覺得很迷人。他想要收藏。

他的腦中閃過了數十種完美肢解耳朵、保存防腐的方法。但他發現，如果這耳朵不是連在海棠的身上，不會因為彆扭而泛紅，似乎就沒那麼吸引人了。

注意到宗蜮的視線，海棠怒斥，「看什麼？」

「……剛才屋子裡，有什麼發現？」宗蜮不著痕跡地轉移話題。

海棠挑眉，確定對方沒打算找他碴，便哼了聲，傲然開口，「我徹底搜了那棟房子，看起來屋裡只有封平瀾的嬸婆還是姑媽的那個妖偶居住。」

「封平瀾不住在那裡？」

「有個房間裡堆著一些裝箱的雜物，看起來是封平瀾的東西。」他記得封平瀾曾說過，他住在親戚家附近，所以有什麼事對方能就近照顧。或許後來又搬家又開學，所以沒時間整理吧。

「你在封平瀾的房間裡，有沒有發現什麼特別的東西？特殊的咒具，或是看得出他家族來歷的物品？」

「沒有。那棟屋子裡唯一與咒術有關的只有那具妖偶，沒有其他咒語或妖力的相關物，或許是牽扯到家族祕技所以刻意隱藏。」

或許沒有隱藏，而是根本沒有……

宗蜮暗忖。

「封平瀾還是沒有回應？」

海棠拿起手機，確認了通話紀錄和每一個訊息收件匣，接著搖了搖頭。他又撥打了一次電話，依舊直接轉入語音信箱。

「不管怎樣，明天見了面就能問清楚了。」海棠收起手機，憤憤然地說道，「這是我人生中第一次期待開學。」

市區，商店街。粉紅肉球寵物用品店。

柳浥晨蹲在走道，一邊擺放著商品，一邊盯著坐在櫃檯旁的葉珥德。

這傢伙不對勁。

葉珥德已經兩個小時沒開口，沒有訓斥她的動作「不符合淑女形象」，沒有抱怨殺價的客人，甚至沒有在鏟貓砂和倒魚飼料的時候順便對那些動物抒發感慨訴說人生哲理！

上回她看見葉珥德如此沮喪，是她強迫他上空穿圍裙促銷商品的那一天。

被迫當人肉立牌的葉珥德，精瘦結實的身軀大受婆婆媽媽們的好評。太太們一邊選購商品，一邊放肆地狂吃豆腐，幾乎把豆腐吃成豆漿。

那一天，店內的營業額創下紀錄，葉珥德也消沉了好幾日才恢復。

柳浥晨搔了搔下巴，她這幾天沒有叫葉珥德犧牲色相，雖然偶爾還是會有些手腳不乾淨的阿桑趁結帳時偷捏他兩下，但印象中並沒有太誇張的事發生。

柳浥晨看著對方總是戴著眼鏡的斯文臉孔。葉珥德並沒有近視，但他說戴著眼鏡會給人學識淵博的感覺，那是他某任主子告訴他的。

她覺得那是在放屁。但她隱約可以了解，那人要葉珥德戴著眼鏡的原因。

眼鏡下的斯文側顏不苟言笑，完美的眉頭微蹙。過去，葉珥德蹙眉的原因全是因她而起，但現在，對方卻因為她所不知的理由而蹙眉。那總是聒噪說些掃興話的雙唇，正緊緊抿著，偶爾會微微開啟，吐出一陣無聲的嘆息。

柳浥晨低咒了聲，用力甩頭。

這可不行。

要是這傢伙再消沉下去，恐怕接下來會換她不對勁……

她起身走向櫃檯，將小鏟子一把拍向桌面。

「去打掃。」

「吾戌時已淨畢。」

「我說的不是貓砂，是客用公廁。剛才有個大叔借用完之後把裡面弄得一團糟。我不想糟蹋拖把，你先灑些貓砂吸水凝固再用鏟的吧。」

葉珥德默默拿起鏟子，認命地起身，準備前去執行這艱鉅的任務。

但是才剛站起，還沒走出櫃檯，一條腿猛地橫踢而過，踩向牆面，將他擋隔在櫃檯內。

柳浥晨一腳踏牆，雙手環胸，霸氣萬千地仰首瞪著自己的契妖。

「還有何吩咐？」葉珥德低頭看向柳浥晨的腿，「此舉不妥，切勿再為。」

「你搞什麼鬼？」柳浥晨不拐彎迂迴，直接發問，「從前天開始就魂不守舍的，發生了什麼事？你做了什麼？」

葉珥德皺眉，淡然低語，「無事，勿庸人自擾。」

柳浥晨挑眉，盯著葉珥德，片刻，靈光一閃。

「還是，丹尼爾做了什麼？」

葉珥德目光閃爍，「無事，勿胡妄猜測。」

「無事個屁！」哼，被她逮到破綻了吧！「就和艾比說自己沒有墊胸部一樣！一聽就知道是騙人的！」

「此喻失當，毋引他人之私——」

「閉嘴，少說屁話！」柳浥晨打斷葉珥德的話語，「丹尼爾做了什麼？」

葉珥德凝視著憤怒的女孩。對方的眼中燃著火燄，堅定而無半分妥協的明燄。

他暗嘆了聲。

為什麼這孩子就不能安分內斂，做個懂得分寸的淑女？

柳浥晨看著葉珥德，內心微微忐忑。這傢伙很少這樣凝視著她不說話，總是以拗口冗長的繁文訓斥她，念到她都忘了對方是妖魔，念到她都忘了這妖魔有多麼俊美好看。

柳浥晨咬牙，「快告訴我，不要逼我以契約者的身分命令你！」

葉珥德停頓了一秒，輕輕開口，「妳雖是我的契約者，但是丹尼爾的位階更高。」

那文白夾雜的怪腔怪調消失，代表葉珥德是認真的。事情嚴重到讓他連賣弄那破文采的心思也沒有。

「他命令你盡己所能地隱瞞我？」

「他命令我盡己所能地保護妳。」葉珥德誠懇地說著，「這是我保護妳的方式。」

「去你的！」柳浥晨勃然，腳一旋，踩在牆上的腿回勾，朝葉珥德的胸口彈掃而去。

葉珥德的身子微微向後退，輕輕揮手，精準地扣住了柳浥晨的腳踝，接著順勢向後一帶，化解掉攻擊的力道。

柳浥晨失去重心，整個人往前倒向葉珥德。

當她以為自己會跌入對方的懷中時，葉珥德鬆開她的腳，伸手扶住她的肩，幫助她站定。

柳浥晨愣了一秒，看了看扶在自己肩上的手。

葉珥德收回手，嚴肅而語重心長地看著柳浥晨，開口。

「妳得冷靜，小柳。」他嘆息，「這只是開始。」

柳浥晨非常不安。葉珥德從未這樣和她說過話。

她開始擔心丹尼爾。

她的外婆為梵納特家生了兩個叛逆的孩子，一個是她母親，一個是她的舅舅丹尼爾。

她母親從小表現傑出，但非常有主見，也非常擅於陽奉陰違，因此家族裡沒人對她有太多的期待，只要不闖禍就好。

相較之下，丹尼爾不僅表現傑出，且總是順著家族的意願、走著家族鋪好的路，他的存在就是梵納特家在協會地位穩固的基石。

直到十二年前，丹尼爾毫無預警地辭去了刑偵部的職務，自行請調為遠東地區一所高中的理事長時，眾人才看見他叛逆的一面。

越是乖巧優秀的好孩子，越有可能做出驚天動地、自我毀滅的事。

柳浥晨深吸了一口氣，以冷漠的語調開口，「你不說沒關係。我明天直接去問他。」語畢，甩頭轉身而去。

葉珥德看著柳浥晨的背影，長嘆了聲。

和柳浥晨訂立契約之前，他就知道這是個棘手的孩子。柳浥晨的眼中有著桀驚不馴的火燄，這樣的眼神若是出現在男子身上，他會心悅誠服地和對方立契，並將對方培育成傑出的將領。

但她是女孩子，他無法用他擅長的方式培育她，陪伴她成長。

因為是女性，這明亮的鬥燄很有可能會漸漸攙入雜質，變成別的火燄。他也很有可能會被這火燄吸引。總有一方會自焚。

他將目光移向玻璃門外的街道。

街道上的景色一如往常平淡無奇。有人在路邊聊天，有人遛著狗經過。

他知道，那狗兒的項圈上烙著符紋，聊天的人外衣底下藏著武器。那是協會派來監視他們的巡邏者。

不只外頭，今日前來的客人裡，有幾個人在店內的死角偷偷放了些東西，監聽著屋裡的一切動態。

葉珥德嘆了口氣。

方才的爭吵，協會的人應該全都聽見了。

這樣很好，如此一來，協會便會知道，柳浥晨對丹尼爾的所作所為並不知情，再過不久便會放下戒心，屆時他們就能伺機行動——

但是，要再過多久？

現下的情勢，還有轉圜的可能嗎？

「丹尼爾，這回，你的至上神和你說了什麼……」

協會本部。

中央監獄，S級限制區，絕禁之間。

厚重的金屬門上刻滿符紋，門外又隔了一道鐵柵，欄外有兩個獄卒站崗。每四小時輪班一次，確保守衛者的精神總是在最佳狀態。

換完班的獄卒離開S級限制區，走向高階囚區。這兩人是第一次接到S級限制區的工作，一路上忍不住交頭接耳。

「絕禁之間關的是什麼人？」

「上頭禁止我們談論。」回話的人一臉正經，但下一秒卻自己透露情報，「據說那人和不從者勾結。」

「什麼？」

「他是綠獅子的重要幹部，非常危險，而且押他過來的是滅魔師。」

「真的？」獄卒咋舌，「看來這傢伙犯下相當嚴重的通敵之罪。」

兩人邊走邊說，他們沒發現，兩側牢獄中的囚犯們全都抬頭，靜默地聽聞著他們所說的一字一句。

「什麼時候偵訊？」

「聽說是『擇日』。」意思就是永遠不會偵訊。獄中人將完全沒有為自己辯白、申冤的機會。

「哼，這是他應得的下場。什麼時候拷問逼供？」

「沒有接到命令。反正，關在那裡面也夠他受的。」

囚徒們默默地看著獄卒離去，彼此對視，無聲地交換著不為人知的思緒與情報。

絕禁之間。

純白色的窄小牢房，六面牆都是雪白，光源自八個角落亮起，將整間屋子照得通明而刺眼。

牢裡囚禁了一個人。他穿著雪白的囚衣，身上沒有半分傷口，和其他牢獄裡的囚徒相比，受到的待遇似乎舒適許多。若不是高舉的雙手架著的枷鎖，看起來根本不像囚犯。

但事實並非如此。

丹尼爾不斷地冒著冷汗。被捕之後，他被送入監牢裡，雖然沒受到任何拷問，但獄房裡強大的壓制咒語讓人耗損大量體力。像是得了重感冒，疼痛和不適感持續不斷，驟強又驟弱，難以捉摸。每一寸皮膚、每一條神經、每一道筋肉都在脹痛。鞭打刑求還痛快些。

聽說，沒有立契的妖魔待在人界就是這樣的感覺。

他的意識非常清楚，他無法睡眠，無法昏厥。以往，他曾跪在聖殿裡祈禱三夜，他的精神力和耐力比一般人強。但此刻肉體的疼痛使他無法專注祈禱，一思考腦部便抽痛不已。漸漸地，他無法思考，只能任由疼痛絕望侵蝕著他的意志。

「……為什麼棄絕我？為什麼不救我……」丹尼爾嘶啞地低喃。

他望向地面。他所流下的冷汗在地面積成一灘水，映照出他的臉。

以往他意氣風發時，進出過中央監獄無數次，將難纏的罪犯送入牢中。此刻的他，比過去他逮捕過的任何罪犯還要狼狽落魄。

如果不是那個夢，他不會有這樣的下場……

行在黑暗中的人民，看見了大光；住在死蔭之地的人，有光照耀他們。

十二年前，烙在心底的異象與話語浮現在腦中。

他知道，要將光及憐憫帶到那裡。帶到那被神棄絕的幽暗之地。

那麼，他的使命已經結束了？

還是說，他也被神棄絕了呢？

Chapter2

突如其來的人事異動，通常和性醜聞有關

開學日。

清晨時分，晨曦初綻之時，天空下起了雨。雨勢不大，但雲層厚重，將那隱微的日光壓上了一層晦暗。明明是早晨，卻暗得有如入夜前的黃昏。

白理睿躺在溫暖的床鋪裡，享受著與棉被溫存的時光，但是兩隻小手不斷地往他的臉上拍打，逼得他不得不睜眼。

「吶吶，起來，起來。」

「怎麼了嗎？」白理睿睡眼惺忪地望著坐在自己胸前的小小人影。

「下雨了。」玖蛸開口。

「然後？」

「我想出去，我想要摸人界的雨。」

白理睿望向窗外，外頭是一片黑暗。「現在還是晚上……」

「已經白天了，之前你去看女子排球隊晨練就是這個時間。快點，趁下雨天色暗，說不定她們不會發現你跟在後面偷看她們的屁股。」

「開學第一天沒有人在晨練啦……」白理睿翻身，縮入被中。

「我想摸雨，帶我去。」玖蛸爬到白理睿的面前，用手掌推開對方的眼皮，「早點起床對你有好處，通常你腿間的小尾巴會在二十分鐘後起床，然後弄髒你的內褲。現在起來的話就可以避開麻煩的清潔步驟了。」

白理睿無奈地睜眼，坐起身。「我是為了你才起床的。」

「當然當然。」玖蛸偷笑，「新主子很在意自己的繁殖功能，只要扯到他的色情小尾巴他就會格外在意。我也知道他洗澡為什麼洗那麼久。我應該繼續假裝不知情，讓他好過一些。」他自言自語，不受控制地把心裡話全盤說出。

「你已經說出來了。」白理睿沒好氣地提醒。

「我知道。」玖蛸又笑了，「我知道新主子不會生氣。他和三皇子不一樣。可是我不知道為什麼他對我那麼好。」

白理睿伸手拍了拍玖蛸的頭髮，下床更衣。

「你每天都偷偷觀察我嗎？」白理睿一邊換衣服一邊和玖蛸搭話。

「沒有偷偷觀察，是直接看，因為你就躺在那裡，而且我很無聊。」玖蛸坐在床邊，晃著兩條小腿，「人類睡眠時間好長，而且好奇怪。腦子睡著，其他部位卻會提早醒。」

更衣完畢，白理睿拿起背包。玖蛸輕盈地自床邊跳下，興奮地爬入那鋪著軟墊、放著新鮮桃子的包包裡。

那原是寵物太空艙背包，袋面上有一個大大的透明半圓球凸面，白理睿特別請人在上面貼了單向玻璃膜，讓玖蛸能舒適地坐在裡頭賞景，外面的人卻看不見包包裡頭。

早晨六點四十，天色溼冷，加上是開學第一日，宿舍裡靜悄悄，沒有多少動靜。

白理睿先到地下的食堂買早餐，接著走出宿舍，前往校園。

經過管理員室時，他看到裡頭坐著個中年婦女，盯著平板看劇，對往來進出的學生不屑一顧。原本那總是臭著臉喝紅茶的身影，不知去向。

玖蛸坐在背包裡，看著包包外的煙雨濛濛，「會有彩虹嗎？」

「光線太暗雲層太厚，應該不會有。」

「好吧。我想要摸雨。」

白理睿把雨傘移開，讓包包露在雨中。玖蛸拉開拉鍊，伸出小手，感受雨絲滴在手中的感覺。

「人界的雨摸起來很舒服。」

白理睿笑了笑，「這可是受了汙染的雨，又酸又髒。」

「幽界的雨有時候是灰漿，有時候是會腐蝕肉體的強酸。」

玖蛸把整隻手都伸出去，讓雨滴打在他纖細而蒼白的手臂上，感受冰涼的雨水流過皮膚的感覺。「這個世界被破壞過，但還是很美。因為這是至上神親手做的世界。」

「是嗎？」

在玖蛸眼中，人界的一切都很美。是只有玖蛸這樣，還是其他妖魔也有一樣的想法？

「……鴆慈殿下很喜歡這裡。」玖蛸低語，「我們為了追殺雪勘來到人界。那一天也下了雨，非常大的雨。」

雪勘皇子隱藏了他所走的通道入口，所以他們只能另尋通道。

當三皇子與他的精銳部將抵達人界時，發現通道口連結到一棟老舊公寓的屋頂。

細雨灑落，三皇子下意識地想召出結界防禦雨水，但他很快地發現，這雨並不會傷人。

三皇子仰首，看著雨點自天空落下，接著轉頭，望向那傳來噪音的街道。他看著夜晚的街景，雙眼閃閃發亮，像是孩子見到稀奇的玩具一樣。

「雪勘皇子走的是另一條通道，」祿鰲沒發覺主子的異樣，逕自稟報，「他降落的地點應該不在這個國度。或許先留下部分將領繼續搜索，其餘的人先班師回朝……」

三皇子沒有回應，低頭看著街道。

「三皇子殿下很喜歡這裡。」受到咒語的箝制，玖蛸的嘴不受控制地說出了心裡的話，「喜歡到好像忘了戰爭還沒結束。」

祿鰲一個反掌，把玖蛸打得跌倒在地。

「對不起對不起對不起……」玖蛸跪在地上不敢起身，不斷地道歉。

「是，我喜歡這裡。」難得地，三皇子沒有生氣。他張開手心，感受著雨水，看著萬家燈火在雨中融成一片矇矓的璀璨。

一瞬間，三皇子的心中有了新的目標。他有個計畫，他的心因此而雀躍，甚至連他自己都不知道為什麼。

「殿下？」祿鰲終於察覺主子的心裡似乎另有打算。「您想要留下？」

「是。」

「僅是為了追捕雪勘皇子？」

「……不。我有其他計畫。」

「三皇子很期待，他從來沒有這麼開心過，或許是因為……」玖蛸跪在地上嗚咽低語，他用力地咬住自己的嘴唇，想讓自己閉嘴。

鴆慈望向跪在地上的玖蛸，冷冷地開口，「因為什麼？」

「或許是因為……」玖蛸顫抖著開口，「因為，這是三皇子有生以來，第一次找到自己想要的東西……」他知道說出來會受到懲罰，但那受詛咒的嘴不受控制地吐露所有的想法。

三皇子轉頭，淡淡地看了玖蛸一眼。

就算方才鴆慈沒生氣。但此刻，玖蛸明確地看到對方眼中的慍火。

接下來，他痛苦而無力的哭聲被雨聲掩蓋。

玖蛸看著眼前的雨，停止了回憶。

「不曉得三皇子的計畫進行得如何？」

白理睿沒搭話。

玖蛸總是向他抱怨三皇子，抱怨自己過往所經歷的慘痛經歷。但是玖蛸沒發現，不管看到任何事物，他都會聯想到那苛待他的三皇子。

白理睿經過校舍。本想直接穿過建築間的小路，但因為施工的關係，使得他不得不改道，繞過整個工地。

雖是雨天的清早，但是工地裡已有人在工作。

「這麼早就上工，真辛苦。」

玖蛸看向工地，目光掃到裡頭的工人時，忍不住倒抽了一口氣。

「快點走……」玖蛸警告，同時縮到包包的裡側，把軟墊蓋在自己身上。

「什麼？」

「快點，不要看他們，看你的手機，快點離開這裡。」

白理睿照做，拿出手機，假裝在滑社群網站，同時快步通過工地。當他返回宿舍時，玖蛸才驚魂未定地鬆口氣。

「發生什麼事了？你還好嗎？」

「剛剛的工人裡，有三皇子的手下……」玖蛸咽了口口水，「不只一個，還有綠獅子的契妖和召喚師……」

「什麼?!他們不是協會的敵人嗎？」白理睿偏頭想了想，「……該不會是他們戰敗了，所以才被派來這裡做苦力吧？」

「不是，他們身上沒有任何枷鎖，是自由之身……」玖蛸咬牙，不安地低語，「這一定是東尉的建議。我不信任東尉，大家都不信任東尉，三皇子也不信任東尉，卻和東尉合作，把重要的計畫交給他……」

白理睿看著焦慮不安的玖蛸，擔憂地詢問，「如果這些召喚師的敵人滲透到學校裡，學校裡的學生不會有事？」

「我不知道……看起來他們裝成協會的人手，或許暫時不會有所作為……」玖蛸望向白理睿，「封平瀾回應你了嗎？」

「沒有。」白理睿嘆了口氣，「等一下去上課，就會遇到了。」

「你會告訴他嗎？」

「……會。」如果敵方的人手已經進入校內，離他們那麼近，他必須告訴封平瀾這些情報，「但我不會把你交出去。我不會讓任何人傷害你，我保證。」

「……你只是普通人類。」玖蛸低語，「你沒有能力執行你的承諾。你很好，很善良，但你無法保護我……」

白理睿無言以對。

「對不起……」玖蛸自責地低下頭。

白理睿笑了笑，伸手摸摸玖蛸的臉頰，「我先去上課了，等我回來再討論該怎麼做吧。不用擔心，在你同意之前，我不會透露任何事情的。」

玖蛸望著白理睿離開，接著慢慢爬回白理睿幫他準備的小房間裡。

「新主子是個好人，愚蠢的好人。不管我說了什麼，他都不會責罰我。才不像三皇子，動不動就生氣，動不動就處罰人。」

他停頓了片刻。

「被三皇子罰了千百次都能忘掉，為什麼忘不掉他對我那一、兩次的好？」

「明明沒有被處罰，為什麼卻比受了罰還難過？」

白理睿七點五分就進了教室。他以為自己是最早到的，但是教室裡還有其他人。蘇麗綰、柳浥晨、宗蜮和伊格爾雙子比他更早到。他們原本在交談，一看到他出現便立刻停止談話。

八成是在聊召喚師的事吧。

白理睿非常識相地裝作沒發現對方的異常，笑著開口，「早安班長、麗綰，隔了一個寒假沒見，兩位看起來更加耀眼，就像雪地裡的梅花一樣美麗迷人。」

「而你則是雪地裡的狗屎，凍得再硬也不會變鑽石。走開！」柳浥晨怒斥。

她的心情從昨晚開始就很差，此刻有如地雷，一觸即炸。

「小柳。」蘇麗綰不好意思地看向白理睿，「抱歉。對了，請問平瀾在假期間有和你聯絡嗎？」

「沒有。你們也是嗎？」

「關你屁事！」柳浥晨怒吼。

白理睿摸摸鼻子，退回自己的座位。

七點二十分，以往封平瀾和契妖們到達教室的時刻。但那六道人影遲遲未出現，反倒是隔壁班的海棠闖了進來。

海棠掃視教室一圈，皺眉，「那傢伙還沒來？」

柳浥晨等人搖了搖頭。

「該死的混帳……」

早自習過了，封平瀾和他的契妖們依然沒出現。不只如此，導師殷肅霜也沒出現。

八點整，鐘聲響起，全校的師生照指示前往禮堂進行開學典禮。學生們依次進入座席，柳浥晨等人刻意坐在最後一排，聚在一起竊竊私語。

「封平瀾到底去哪裡了?為什麼連班導也沒出現？」伊凡開口。

「不知道。或許班導是在處理封平瀾的事吧？」

「他最好不要闖什麼禍，」伊凡氣惱地嘟起嘴，「竟然沒找我們一起，太可惡了。」

「……你只在意這個？」

學務主任、教務主任一一上臺報告，說著陳腔濫調的勉勵話語以及千篇一律的未來展望。

「海棠今天早上又去了洋樓一趟，還是進不去。」蘇麗綰看著手機，讀著海棠傳來的訊息，「他說，那棟屋子有點不對勁。」

「又被斷水斷電了？」

「不知道。他沒細說。」

「可能是在選字上遇到困難了吧。」伊凡嘲笑。

宗蜮坐在一旁，沒插嘴，靜靜地聽著同伴的交談，同時不著痕跡地打量禮堂。

有人設下監控的咒語，就在他們所在之處的附近。

宗家對家傳的祕術非常重視，為了穩固家族在協會的重要性，不讓技術被外人竊取，宗家的每一個人從小都接受訓練，對監視、監聽的咒語格外敏感。

不只是禮堂，教室裡也有。

他不確定這些咒語是為了所有學生而設，抑或是有針對的目標……

宗蜮從口袋中掏出小型羅盤，打開，拇指滑過羅盤中央的半圓形晶體。晶體瞬間浮現兩個距離相近的紅色同心圓，隨即消失。

這代表監控的咒語離他們很近。紅色意味著監控的咒語是正規的傳音咒，顯示施咒者是來自協會官方。

為什麼協會要監聽他們？

宗蝛斜眼望了他的同伴們一眼。

或許不是他們，而是他們之中的某個人。

「我剛去了保健室，奎薩爾的辦公室是鎖著的。」伊格爾開口。

「瑟諾的溫室也是關著的，不過那傢伙本來就很少準時上班，所以無法做為參考。」柳浥晨壓低聲音回應。

各處室主任演說完畢，隨即校長登上講臺。

「新學期有許多變動，這些變動將讓曦舫成為頂尖的學校——」校長講著陳腔濫調的廢話。沒有人在聽。就像白噪音一樣，成為背景的一部分。

「——我們在人事上也有些調動——」

「班導沒來，有人去教師辦公室看過了嗎？」蘇麗綰詢問。

「還沒，你覺得這和封平瀾沒到課有關？」

「——首先，有幾位教職員因故無法續任，但別擔心，已找到優秀的教師們來接任，各位的學習不會受到影響——」

「葉珥德透露過什麼嗎？」伊凡接著問。

「沒有，他這幾天怪怪的，不管我怎麼逼問他也不說發生什麼事。」柳浥晨不安地想起，早上她前往理事長辦公室，打算找丹尼爾當面問話，卻被擋在一樓的大門外。攔住她的是新來的警衛。警衛身上有著和梁姨一樣的氣息。

這不是好預兆。

「——最重要的是，」校長朗聲宣告，語調中有著濃濃的諂媚，「這學期開始，有一位傑出、優秀、出自偉大家族的經世之才，接任理事長一職——」

「理事長」這個關鍵詞抓住了談話中的人們的注意。

柳浥晨等人猛地轉頭望向前方，接著愣愣。

站在臺上的是衣冠楚楚的清原謙行。他漾著斯文而謙遜的笑容，從校長手中接下麥克風。

「我會盡我的職分，帶領大家。」帶著磁性的嗓音，優雅地說著。

「叩叩叩——碰！」

教師辦公室的門板猛地甩開，撞向牆面。

「現在還沒下課。」葉珥德淡然開口。

「立刻解釋。」柳浥晨走向葉珥德，一手抓住對方的領子，「丹尼爾呢？為什麼理事長變成清原？」

葉珥德拍開柳浥晨的手，整了整領帶。

「理事長和部分教師因人事異動離開本校，另謀高就。」他以公事公辦的口吻，回以官樣的說詞，「其餘無法奉告。」

「你少來這套——」柳浥晨伸手，打算再次發動攻擊。但是手才剛舉起，便被葉珥德箝住壓往桌面，動彈不得。

葉珥德盯著柳浥晨，深吸一口氣，以極惋惜的語氣開口，「太遺憾了。」

「遺憾什麼？」

「我服侍的契約者竟然是這麼魯莽的蠢貨。」

柳浥晨冷哼，「無法成為你理想的樣子還真是抱歉吶！」

「我理想中的妳，是個有智慧、懂得察言觀色、細心而敏銳的人。」

柳浥晨微愣，「啥？」

以往，葉珥德對她的要求是「舉止端莊、言行溫婉、談吐得宜」。這個說法她第一次聽見。

「不順意就找人出氣？得不到答案就惱羞？」葉珥德搖了搖頭，以真切而沉痛的語調，一字一字地說道，「妳何時變得這麼無知？」

柳浥晨看著葉珥德，不曉得為何，對方那沉痛的表情，讓她的心臟瞬間有種被掐了一記的感覺。

「……無知？」葉珥德罵她無知，而不是無禮？

「是的，無知。」葉珥德加重語氣，重述一次。「注意妳現在的身分，注意妳所在之處。這裡不是可以放肆妄言的地方。不只在校內，在家中亦是如此。無論妳我，都必須管束口舌……」

柳浥晨看著葉珥德，她發現對方的眼中有某種熱切的期待，像是希望某件事發生，或是被發現似的。

這傢伙在暗示什麼嗎？

葉珥德盯著柳浥晨，目光緊抓著她的視線，「妳只專注自己所關心的事物，對其他事毫不關心，視若無睹。」這時，他的視線不著痕跡地往右側移了些，又迅速轉回。

柳浥晨挑眉。「……你想怎樣？」

葉珥德眼睛一亮，但嘴上繼續以責難的語氣說著，「我希望妳在開始失控破壞我的辦公室前離開。」

葉珥德壓制著柳浥晨的手掌，放鬆了力道。

了解了嗎？

柳浥晨勾起狂妄的笑容，「辦不到。」語畢，她舉起桌上的手，抓起筆筒，朝葉珥德砸去。

葉珥德輕鬆閃過，筆筒連著數枝筆順勢飛出，砸向書櫃，落在地面。

室內一片死寂。屋裡的兩人，面面相覷，不發一語。

柳浥晨略微忐忑地盯著葉珥德，在葉珥德的眼中看見一絲讚許時，便鬆了口氣。

葉珥德長嘆一聲，「汝之言行，甚傷吾心。」他語重心長地開口，「速去，慎思吾言，躬省其身。」

柳浥晨對葉珥德比了個中指，接著帥氣地轉身。

在轉身的同時，她相當自然地朝著被砸落的筆筒掃了一眼，筆桿灑落一地，呈現放射狀排列。

果然……

辦公室外，她的同伴在走廊上等著，見柳浥晨出來便向前關切。

「小柳，還好嗎？」

「沒事。」

「妳也太失控了吧。」伊凡搖了搖頭，「要不要喝四物湯啊？」

「閉嘴！」

一路上，柳浥晨沒多說什麼，看起來仍氣在頭上。直到離開行政大樓時，她才開口。

「葉珥德的辦公室被設了監聽的咒語。」她概略說明方才在辦公室裡的情況，以及自己是如何發現葉珥德話語中的暗示。

宗蜮不以為然地哼了聲，「才不只辦公室……」

「你說什麼？」

「除了露天開放的空間，到處都有……」宗蜮陰沉地輕笑，說出自己觀察到的結果，「是協會設的。」

「你既然發現了為什麼不早說！」

「在設滿監聽咒的地方表明自己發現了監聽咒，真是好主意呢……」宗蜮翻白眼，「況且我也不確定協會要監控的目標是誰，何必打草驚蛇。」

「你確定是協會？」伊凡插嘴，「所以封平瀾那小子可能招惹了協會？」

「不確定，但應該有關聯。」

伊凡皺眉看向柳浥晨，心裡若有所思。

「現在要怎麼辦？」蘇麗綰開口。

眾人無語，沒有任何頭緒。

百嘹看著眼前的人，百感交集。

那曾經在幽界讓萬人騷動的英挺容顏，此時竟染上了歲月的痕跡。

「我以為你死了。」

「我沒死，只是來到人界。」索法輕笑，「怎麼，你以為我死了的時候，該不會哭了吧？」

「當然，」百嘹笑著開口，「跟了你那麼久，我以為好歹能拿到些遺產，結果什麼也沒有。」

「噢，不是什麼也沒有。」索法笑著走向百嘹，抬起對方的臉頰，「只是全都放在我的墓裡。你願意當我最美的陪葬品？」

兩人相視，接著同時笑出聲。

「你看起來像是放太久的梨子。」百嘹搖頭，「你的眼睛和頭髮怎麼了？是哪家憤怒的丈夫做的？」

「我拿去交易了。」索法輕描淡寫地說著，接著看向奎薩爾，「現在可以信任我了吧？」

索法是皇族，可以在人界自由行動，也可以無限制地和妖魔立契而不減損半絲妖力。身為前代皇族的索法若沒有死亡，便會被列入元老院，成為繼位之戰的評判方，不可能成為任何皇子的手下。即便他有支持的皇子，也不會是與他家族交惡的三皇子一系。

「為什麼索法親王會在人界？」璁瓏開口，「你和理事長是什麼關係？」

「我和你們一樣，來人界找人。丹尼爾是我合作的對象，他指示我任務，我靠他取得情報，基本上和你們差不多，只是位階和待遇比你們高一些。」索法坐回座位，再次啜飲杯中物。「丹尼爾派我監看你們的行動，所以十二年前的那一夜，以及解開封印的那一夜，我才會出現在你們附近。」

「人類怎麼可能預知未來？」墨里斯不解，「丹尼爾指示你任務，那誰指示他任務？他的主子是誰？」

索法看了墨里斯一眼，「你看起來是這裡頭最笨的，但問題倒是挺實際的。」

墨里斯忍著回嘴的衝動，耐心地等著對方解答。

「丹尼爾的主子，是至高的那一位。」索法伸手向上指了指，「十二年前開始，他便一直聽祂的差遣行事。」

他概略地說明丹尼爾如何得到神諭，派他關注洋樓的動向，以及為什麼願意幫助契妖們留在人界。

索法重哼了聲，啜了口杯中物，煩躁地開口，「總之，丹尼爾知道那棟洋樓會發生大事，所以我們一直關注著。直到半年前，他再次得到神諭，知道會有一名少年在新生入住日的前一晚到校，我們必須將他引導到洋樓。」他停頓了一下，「那人就是封平瀾。」

起先，他們不明白封平瀾這個一般科的學生能做什麼，甚至懷疑自己解讀錯誤。直到看見他解開了妖魔的封印，並一一與對方立下契約，才確定這平凡的少年，有著不凡的使命。

眾妖愣愣，沒料到對方會給予這樣的答案。

百嚓挑眉，扯了扯嘴角。「……你在開玩笑嗎？索法，你的智慧隨著你的毛髮一起掉光了？」

索法嚼碎冰塊，發出清脆的響聲。

「你們相信絲帕蔻娜的虛幻傳說而前往幽界找尋讖殿，卻不相信神的存在？我還以為見過那老妖女之後，你們的眼界會開闊些。」

契妖們互看了一眼。

確實。比起傳說中的絲帕蔻娜，所有的妖魔都知道，至上神確實存在。

天上的那位主宰，以七日創造了人界。驕傲的天使們自以為擁有神一樣的權柄，模仿父神創造了幽界。

幽界是人界變調的劣質仿冒品，創造幽界的天使們被逐出樂園。雖是不被允許的存在，但至上神憐憫幽界裡的生命，因此並未毀滅這地，而是讓幽界自生自滅，這是至上神對妖魔們唯一的恩典。

祂未曾在幽界顯現，未曾呼召過妖魔、給予妖魔啟示。幽界，是被神所遺棄的世界。

這是妖魔們都知道的創世神話。而眼前這傢伙竟然告訴他們，他們來到人界後的種種發展，竟然與一個人類得到神諭有關？

這實在……太過難以置信。

索法似笑非笑地看著沉默不語的契妖們，搖了搖杯子，杯中的冰塊撞擊聲拉回了眾人的注意。

「好了，撇開那縹緲的神話不談，談談實際的問題吧。雖說丹尼爾的預言提到了你們，但是要怎麼做，決定權在你們手上。現在敵人確定，敵人的目標也確定了。接下來你們打算留在仇敵環伺的人界？還是回幽界算了？」

「我們還沒找到雪勘皇子。」奎薩爾開口。

「如果那名滅魔師和三皇子聯手的話，說不定他已經將雪勘交給對方。然後……嗯。」索法伸出食指，往脖子上一劃。暗示明顯。

「雪勘皇子還活著，我們之間的契約仍然存在。」奎薩爾立即否定這個說法，「況且如果雪勘皇子早已死亡，那三皇子的手下就沒有理由追捕我們，直接宣告雪勘死亡即可。」

「說的也是。皇子若是在繼承之戰中死亡，從屬的妖魔不能為他復仇，只能接受，無法接受就只能殉主。」

雖然確定雪勘皇子仍然活著，但這樣一來，情勢更加迷離莫名。

如果滅魔師不是為了與三皇子交易，那他把雪勘皇子帶到哪裡了？

或許，雪勘皇子逃離了滅魔師的掌控，所以滅魔師才會與三皇子聯手，一同追捕雪勘。

但，如果雪勘皇子真的順利逃脫的話，為什麼他沒有來找他的將領？

諸多的疑問，讓妖魔們陷入思索。

「……那個，」希茉戰戰兢兢地開口，「剛剛那名滅魔師是平瀾的哥哥，這也是你們早就知道的嗎？」

「妳是酗酒酗到酒精中毒了？我剛進屋時不是說了，這是『新情報』，既然是新的，就代表我們也是現在才知道。」

「所以，封平瀾一開始就知道我們的事嗎……」璁瓏不安地說著，「他早就知道發生在那房子裡的事，也知道我們的身分，所以才接近我們嗎？」

「我又不是封平瀾，我哪知道他知道些什麼。」

「難道，他接近我們、幫助我們，全是另有目的？」墨里斯猶疑。

「平瀾是善良的人，他不會害我們。」冬犽開口，幫封平瀾平反。

「說不定，那全是為了隱藏陰謀而裝出來的，所有的單純和正直都是假的。」百嘹輕笑，「畢竟有人很吃這套，被哄騙得團團轉呢，呵呵呵。」

冬犽轉身面對百嘹，燃著怒火的眼眸直視著對方，以陰沉而帶著肅殺之氣的語調，輕輕地開口，「……你沒有證據就安靜，不要危言聳聽……」

「並不是完全沒有線索。」百嘹笑著朗朗說道，「他很聰明，說不定這全是他演的戲、布的局。他哥派他待在我們旁邊，為的就是從我們這裡探聽雪勘皇子的下落，並且在我們出任務時干擾我們的調查。帶著一個什麼都不會的人類，確實讓我們在行動時綁手綁腳，造成諸多不便。」

百嘹的話語讓其他人沉默。他很滿意地看著冬犽那惱火中燒卻又無法宣洩的惱恨表情。

呵呵呵，百嘹在心底竊笑。

即便處境危難，也無法阻止他把握時機苦中作樂。

他很確定封平瀾那小子不可能是間諜。沒有人能裝得那麼逼真。

人要假裝高興、假裝生氣、假裝悲傷非常容易。但沒有人能把痛苦和絕望裝得那麼逼真。

除非真正經歷過。

造成封平瀾絕望和痛苦的源頭，就是他的哥哥，那名滅魔師。

當他看見封平瀾面對兄長時的表情，他很確定，那是真的。

這小子絕對沒有背叛他們。

但他不會講。這不是他的風格。他是口蜜腹劍的蜂，他不會為了幫助人而說順耳的話。

同時，他在測試，如果他的同伴對封平瀾的信任也不過如此。那麼，他何必費心澄清？失去的信任，是無法重新建立的。

眾妖面面相覷。

他們心底是相信封平瀾的，他們相信封平瀾就如他們所見的單純正直。百嘹的推論很合理，但這反而讓他們想起了過去和封平瀾相處的日子，一起出任務的過程。

沒有人會為了偽裝善良，連自己的性命都不要，那絕不是虛假。

但是，若此刻對封平瀾展現了信任，似乎對雪勘是某種背叛。

他可是仇敵的弟弟……

眾妖的內心紊亂茫然，無所適從，視線不自覺地望向奎薩爾。

奎薩爾暗嘆一口氣，一如往常地冷漠說道，「若他是裝的，現在這時刻並不是他揭開身分的最好時機。」

他淡然而迂迴地幫封平瀾辯駁，以冷漠和理智，掩飾自己對封平瀾的信任。

他無視百嘹那意味深長的笑容，以將帥之姿，宣告著接下來的行動，「封印我們的滅魔師出現了，我們也知道他的身分，離找到雪勘皇子又更近一步。我們必須留在人界，繼續與滅魔師、三皇子對抗，直到找到雪勘皇子。」

還有，找到封平瀾……他在心中補上一句。

封平瀾的臉再次出現眼前。

中了紳士怪盜的咒語時、哭求他留下的臉。以及方才他們要離開時、那槁木死灰的臉。

別哭。

他會回去。

他親口答應的承諾，絕不會食言。

奎薩爾堅定的態度穩固了眾妖的心，惶惑的情緒轉為篤定。

索法勾起嘴角，暗暗揚起讚許的笑容，同時也鬆了口氣。

他的態度雖然輕鬆，但是他的內心一樣忐忑。

如果這六名契妖決定離開的話，拯救丹尼爾的援軍就少了一半。光憑他和殷肅霜幾個人，是無法力挽狂瀾的。

「……所以，我們唯一的潛在援軍，就是社團研的五個召喚師？」

「他們還是學生，嚴格來講不算召喚師。」殷肅霜保守地開口，「況且，他們若發現情勢變成如此，未必會想來幫助我們。」

畢竟那不是他們的義務。何況，幫助僭行的妖魔，對一名召喚師而言可不是明智之舉。

「……總之，先想辦法和他們搭上線吧。」百嘹提醒，「現在也只能祈禱封平瀾的愚蠢有傳染性了。」

Chapter3

如果電梯和大衆交通工具上的監視器附有紅外線熱感鏡頭，或許能扼止那些在密閉空間偷放屁還裝成是受害者的傢伙犯案

遠離市區的社區。

老舊公寓頂樓加蓋的鐵皮房間，原本是囚禁清原謙行的牢籠，此時有了新的住戶。

空蕩蕩的小房間裡擱了塊簡陋的軟墊，瘦小的身體躺在墊上，雙腳雙手都套著鎖鍊，雙眸緊閉。

岳望舒坐在一旁，盯著墊子上的人。

幾個小時前，東尉和瓦爾各返回。

「上樓。」東尉對著窩在沙發上看電視的岳望舒冷聲下令。

東尉的臉色非常難看，岳望舒非常識相地閉嘴，乖乖跟著來到樓頂的加蓋鐵屋。

「給你一個新任務。」東尉把鐵屋的鑰匙交給他，「看好裡面的東西。」

岳望舒接下鑰匙，小心翼翼地打開鐵屋的門。

東尉總是強人所難，以逼出他的極限為樂。他本以為打開門會在裡頭看見什麼駭人的強大妖魔，沒想到只有一個瘦小的身影躺在角落。

那是……封平瀾？

「呃。」為什麼這孩子會出現在這裡？

「有什麼問題？」

「我以為今天要去聖彼德堡操控道格拉斯……」

「取消。」東尉不耐煩地指示，「冰箱裡有食物，記得餵水餵食，維持他的生理運作。總之別讓他醒來，離開這屋子的時候記得把門鎖上。」

「是是是。」岳望舒應了聲，準備進屋。

踏進屋子前，一根銳利的長釘冷不防地抵住他的下巴。

東尉看著岳望舒，揚起殘酷的笑容，警告，「你必須認真執行這項任務。」

「我才不會傷害他！再怎麼下流，我也不會對毫無抵抗力的少年下手好嗎！」

「我不在意你對他怎樣。」東尉嗤聲，「不要讓他有機會和外人接觸，別讓他離開這屋子。別讓他醒，也別讓他死了。你沒有失誤的機會。明白嗎？」

岳望舒連忙點頭，不敢多問，乖乖進屋。

當他走向封平瀾時發現，對方的昏迷並不是因為被施咒語，而是被擊暈後下藥。

「為什麼不施展昏迷咒？」這麼粗暴的手段，搞得像富二代夜店迷姦女孩似的。

他坐在封平瀾旁邊，盯著那沉睡的臉。睡夢中的封平瀾眉頭深鎖，看起來相當痛苦。

「你怎麼也被抓來這裡啊？」雖知道封平瀾不會回應，但出於無聊，岳望舒便自顧自地和對方聊了起來。

「東尉看起來很討厭你，你對他做了什麼呀？」這麼年輕的孩子，又能做出什麼？

「你妨礙了他的任務嗎？還在當賞金獵人？你的同伴呢？他們會來救你吧？」不過，連協會都被東尉的勢力滲透，就算封平瀾真的被救出去，整個情勢也非常不樂觀。

岳望舒看著封平瀾的睡顏，印象中，這小子總是掛著天真樂觀的笑容。

他的手撫上自己的頸子。東尉烙印在他頸上的咒印已逐漸鬆動，雖然仍有效力，但是出現了許多的小裂口。

他偷偷低吟了聲咒語，施了個微弱的小魔咒。粉紅色的光霧纏繞著他的手掌，沁入了封平瀾的前額。

封平瀾痛苦的表情漸漸放鬆、緩和。

「現實太過殘酷。在醒來之前，做個好夢吧。」

傍晚，放學時分。

趁著影校課程開始前的空檔，柳浥晨等人打算去附近的速食店交換情報，避開校內的監聽咒語。

然而，當眾人正要踏出校園時，被一名新進的教職員擋下。

「要去哪裡呢？」男子的胸前佩戴著一枚盾形徽章，上面烙著代表協會的血紅色方形圖紋。

新來的教職員裡，有數人身上戴有這樣的徽章，表明他們由協會直派，位階高於一般教師，命令也高於一般教師。

這些新來的職員在影校學生中造成了些許的討論。部分學生覺得這是好事，代表曦舫地位提升，受到協會重視。

「出去吃晚餐。」柳浥晨回答。

「恐怕不行，各位必須留在校內，直到課程結束才能離開。」男子委婉而堅定地開口。

「為什麼？」

「這是新的規定。」男子淺笑著解釋，「為了保護各位的安全，防止不必要的意外發生。」說話的時候，他有意無意地看向柳浥晨。

柳浥晨覺得怪異，但也不能直問。眾人只好折返。

他們本想在操場邊談話，但是每次坐下沒多久，就會「剛好」有教師在附近出沒。

所有未設下監聽咒語的地區，都是一樣的情況。

最後他們只好來到頂樓的武術練習區。雖然此處仍有監聽咒語，但是練習區內聲音嘈雜，加上不時有攻擊咒語發動，咒波對監聽的效果會造成干擾。雖不是最完美的地點，但也只能如此。

「到底是在搞什麼，連外出也不准……」海棠一邊啃著從食堂買來的潤餅捲一邊抱怨，「話說這裡頭的菜也太多了吧，肉才一、兩片，根本是包了皮的生菜棒。」

「想吃包了皮的肉棒放學之後再說吧。」柳浥晨喝了口熱飲，「現在有比食物更要緊的事。」

「我知道。」海棠皺了皺眉，這話怎麼聽起來怪怪的。

「我查了全校的課表，比對之後發現部分新來的職員並沒有授課，純粹巡邏監督。」蘇麗綰低聲說出自己的發現。

「監督全校的學生？與其說是保護，不如說是在防範。」海棠挑出菜絲，隨手扔到一旁，「該不會是擔心放寒假回來，學生會交互感染乳突病毒吧？」

柳浥晨瞥了海棠一眼，「你等著說出『乳突病毒』很久了吧？好不容易學會了新名詞，就忍不住賣弄嗎？連生菜都不敢吃的小鬼只會便祕，談什麼乳突病毒……」

「少囉嗦！」

「我覺得，協會這樣的安排，並不是為了監視全校學生，而是監視特定對象。」伊凡忽地輕語，拉回眾人的注意。

「什麼意思？」

「我聯絡了奧赫尼考夫本家，得到了些消息。我知道理事長為什麼會撤換。」伊凡看向柳浥晨，「丹尼爾．梵納特勾結綠獅子，犯了通敵謀反之罪。他的契妖在他被捕之前逃了，但是契約已被協會切斷，應該過不了多久就會死。」

當他早上發現協會介入之後，便感覺不妙。他動用了自己在家族裡的權威，半脅迫半刺探，才輾轉得到了這情報。他的預感果然是正確的。

「什麼？」眾人對這消息感到訝異不已。

柳浥晨呆滯在原地，當伊凡將紙巾遞給她時，她才發現自己不自覺地把手中的紙杯捏爛了。

「妳不知道嗎？」伊凡觀察著柳浥晨的表情，好奇發問。

柳浥晨搖頭。她的腦中一片空白。

「為什麼她得知道？」海棠發問。

「因為班長是梵納特家的人呀。」伊凡笑著宣布。

「真的嗎，小柳？」蘇麗綰詫異。

「妳來頭那麼大，怎麼不早點講？」海棠沒好氣地開口。

柳浥晨微微回神，「……我不想讓人以為我是靠著後臺才在學園內立足……」她勉強自己鎮定，轉向伊凡，「你確定你的消息正確？梵納特家的人沒告訴我這個消息。」

「梵納特家將這件事壓下去了。他們沒告訴妳，沒讓妳轉學，因為這個時間點讓妳轉學，會讓協會以為梵納特家做賊心虛。聽說他們正極力與丹尼爾切割，撇清關係以自保。」伊凡淺笑著陳述，「或許，被切割的不只有丹尼爾。」

伊格爾看向自己的契妖，露出了不予認同的表情。

「不可能，丹尼爾不可能做這種事。」

「或許情報有誤吧。」伊凡笑著起身，「有一個方式可以驗證。班長妳留這裡，我們其他人回去操場邊。如果那些教職員沒有出現在操場，就知道他們是針對身為梵納特一家的妳。」

「伊凡，別這樣……」伊格爾握住伊凡的手，想要將對方帶回座位，卻反被他拉起。

「就這麼辦吧。」柳浥晨深吸一口氣，「我留在這裡，你們離開。」

「小柳，不用這樣，我們——」蘇麗綰想要勸阻，卻被柳浥晨打斷。

「我想獨處。如果伊凡的消息是正確的，我在你們附近反而會干擾你們討論情報。」柳浥晨強撐起嘴角，想要露出如往常般率性的微笑。但是效果不怎麼好。

伊凡等人離開練習場，來到操場邊的空地。

這一回，沒有任何教職員出現。

這證實了伊凡的推論是正確的，但眾人高興不起來。

「理事長被捕，殷肅霜他們消失，這我可以理解。」海棠索然無味地咬了兩口潤餅捲，「為什麼封平瀾和他的契妖也失蹤了？他們有什麼關聯嗎？」

「或許封平瀾是丹尼爾的手下，也是不從者？丹尼爾被捕，他要不是逃了，就是跟著入獄了。」伊凡悠悠地說出自己的推論。

「不，他不可能是臥底，更不可能是不從者。」蘇麗綰立刻辯解。

「妳怎麼能確定？」

「呃，因為……」

「因為那傢伙根本不會使用咒語。」宗蜮幫蘇麗綰說出答案，「每次咒術課的雙人對練，都是妳在幫他掩護。他根本什麼都不會。」

「真的假的？」

見祕密被拆穿，蘇麗綰不好意思地低下頭承認。

「是的……平瀾對課堂上的咒語比較不熟悉，不太會操控。我想說他背負著來自家族的壓力，如果沒有通過測試的話，必定會受到責罰，所以才幫他掩飾。不過，平瀾平時還是會使用咒語的，並不是什麼也不會。」

「我們只看過他的契妖幫他施咒。」宗蜮冷聲點出盲點，「你們誰見過他自己親自施咒？」

眾人不語。

一直以來，封平瀾的契妖表現得相當搶眼出色，讓他們理所當然地認定，身為契約者的封平瀾必定相當傑出。

現在回想，他們確實沒見過封平瀾念過任何咒詞、施過任何異術。

「沒有任何家族會把六隻這麼強大的妖魔，交給不會施咒的召喚師。再怎麼重視血統和名分的家族，也不可能自己製造家醜。我檢測了他的血液，他過往的生命裡從未使用過任何咒語，不可能有不用咒的召喚師。」宗蜮緩緩說出自己的結論，「那個傢伙是個毫無能力的凡人。」

這個消息，比起前理事長入獄更令人震撼。

「不、不可能吧……」蘇麗綰無法接受這個推論，「平瀾能讓那麼強大的契妖聽令，不可能是一般人。」

「因為他是凡人中的天才，你是召喚師裡的智障。」伊凡直接點破。

「等等，如果他是平凡人的話，那怎麼會考得比我好？」海棠質疑。

「我不覺得契妖聽他的命令，而是他聽命於他的契妖。」

海棠怒瞪伊凡一眼。

「如果封平瀾是一般人的話，不管當初入學的原因是什麼，現在他離開影校，或許才是正確的發展。」伊凡偏頭，露出了苦惱的表情，「封平瀾和他的契妖很有趣，是很好的玩伴。他不在了真的很可惜呢。」

「那，現在呢？接下來要怎麼辦？」

「什麼也不用做呀。不管是通敵的丹尼爾，還是偽造身分入學的封平瀾，他們的所有行動就算有正當的理由，我們也不知道。就算想幫忙也無從下手。」伊凡微笑，「況且，現在擋在前方的，可是協會呢。」

海棠和蘇麗綰想要說些什麼，卻不知該如何反駁。

伊凡的說詞非常有道理，現在他們面對的不是不從者，不是僭行者，而是代表正義和法理的協會。

上課鐘響，一行人意興闌珊地走回教室。

柳浥晨早已坐在教室裡。當她見到他們時，莫名地，氣氛有種微妙的尷尬感。

整晚的課，他們沒有交談，連眼神也沒有交會。

那是一種無聲的、悄悄的幻滅。

一整個學期以來，以封平瀾為中心而構築的友誼與羈絆，從被發現這全是以謊言為根基的那一刻起，逐步崩壞。

封平瀾覺得頭很痛。

他處在一片渾沌的黑暗之中，整個人像是被扔入洗衣機攪拌，一團混亂，他感覺到痛，卻無法思考，無法讓自己好過些。

好難受……快點停止……

忽地，一陣涼意襲來，彷彿有一層冰涼的布從頭頂覆蓋住他整個身體。疼痛抽離，他感覺身子變得輕盈。接著，他聽見一些聲音，看見了光——

「……總裁。」

他聽到有人在說話。在光的彼端。

「封總裁。」叫喚聲再次響起。

封平瀾的視線瞬間聚焦，意識歸位，像是電源突然被打開一般。

此時的他西裝筆挺，坐在偌大的淺色系裝潢辦公室內。他的面前放著極具現代感的工業風辦公桌，桌上擺著電腦與文件檔案。

站在他身旁的是同樣穿著西裝、一臉擔憂的冬犽。

「您看起來有些疲憊。昨晚又熬夜工作了？」

「抱歉。一時失神。」封平瀾揉了揉額角，思緒逐漸清晰。

是的，他是總裁。ZS集團有史以來最年輕、最傑出的執行長。他跳級讀完大學之後，便被公司董事高薪禮聘，與另一位同樣傑出優秀的元老級執行長——奎薩爾——一同經營整間公司。

今天風和日麗，陽光普照，照得他的辦公室燦爛生輝，有如宮殿。

「幫我泡杯咖啡……」

「您確定？」冬犽挑眉。

封平瀾停頓了一秒，接著勾起帥氣的笑容，「不，我自己來吧。」

他坐在辦公椅上，穿著真皮牛津鞋的腳向後一蹬，裝有滑輪的椅子像箭矢一般，滑射向對面的牆邊。眼看即將撞向牆面時，封平瀾再次伸腳，順勢轉彎，與牆擦身而過的同時，打開了嵌在牆櫃下的冰箱，抽出一罐機能飲料，接著滑回辦公桌後。

「啪。」

當椅子剎車的那一刻，冰箱門正好關上，像是在為這華麗而俐落的動作鼓掌。

封平瀾掰開拉環，面向身後的落地窗，在晨光的照耀下，暢飲著冰涼的飲料。

「清涼有勁，瞬間提神。」他微笑，單手將鋁罐捏扁，投入一旁的垃圾桶。

「不愧是封總裁，」冬犽露出了欽佩不已的笑容，「真是睿智如狐，敏捷如鷹，連喝的飲料都如此成熟有品味。」

「沒什麼，沒什麼。」封平瀾謙虛地開口，「雕蟲小技罷了。」

「封總裁真是謙和親民。」冬犽低頭看向手上的檔案，「接下來是每週會報，等等各部門主任會輪流報告工作進度。相關資料我昨日統整給您，相信您已閱讀完畢。」

「當然。這是我應該做的。」

「封總裁真是事必躬親又盡職負責。」

封平瀾伸手，示意冬犽不需過度讚美，他可是很謙虛的。

「下午一點您將前往機場，晚上我們會抵達京都，與合作的蘇麗綰董事、魏海棠社長、宗蜮總監、柳浥晨總理以及伊格爾·米海爾維奇總長進行晚餐會報。」

「真期待和他們見面吶。」

敲門聲響起，第一個進入的是穿著白袍的璁瓏。

璁瓏推著手推車，推車上擺了幾個燒杯，杯中裝著乳白色的液體。

「封總，這是食品研發部門預定推出的新產品，請您試喝。」

封平瀾拿起一個燒杯，一手扠腰，仰頭一飲而盡。

「嗯，非常甘甜，除了牛奶該有的濃醇香以外，還有一股蒼茫遼闊的餘韻。」

「不愧是總裁，真是慧舌識貨。」璁瓏讚賞地點頭，「這是犛牛奶，來自高原，奶水中融合了青空與蒼原的天然滋味。」

「原來如此。璁瓏主任總是能別出心裁，研發出令人驚豔的產品。」

「謝謝封總賞識！」璁瓏興高采烈地退下。

接著進入的是公關企畫主任希茉。她穿著和昨天一樣的衣服，臉上的妝有些脫落，頭髮有些亂，身上帶著濃濃的酒味。

「妳看起來有點……需要清洗。」冬犽委婉地提醒。

希茉不好意思地開口，「抱歉，因為昨天和五家廠商談合約，拚酒續攤續到早上七點，所以來不及整理。」

「辛苦妳了。那麼協商的結果是？」

「全都簽約了！」

「太完美了！」封平瀾拍手讚賞。「沒有希茉贏不了的酒局。」

「另外，因為一次和五家廠商協商，所以開銷有點大……」

「所有的開銷都報公帳吧。」封平瀾豪氣萬千地宣布。

「謝謝總裁！」

希茉離去後，接著進入的是墨里斯。

墨里斯戴著墨鏡，身穿迷彩裝，踏進房門的同時，從腰中抽出短刀，朝著封平瀾投擲而出。

封平瀾勾起嘴角，一個抬手，輕鬆接下兩柄短刀，接著反擲其中一支回去。

墨里斯反手接下刀子，由衷讚賞，「不愧是封總裁，好身手。」

「新開發的軍刀，質量似乎比前一代輕了些，劍柄也比前一代好握順手。」封平瀾看著手中的刀，一一分析，「不過，刀刃的柔韌度似乎有改進空間。」

「了解！」墨里斯記下封平瀾的建議。

墨里斯離開後，隔了片刻，百嘹才進入辦公室。

「抱歉，有事耽擱了。」百嘹勾起迷人的燦笑，笑容足以讓人忽略他的衣衫不整。

「你遲到了。」冬犽冷聲指出百嘹的失誤，「你該注意你的儀容。」

「我也想，但是我不知道你把我的衣服收去哪裡，只好先借你的穿了。」

封平瀾轉頭看向冬犽，「你們同居？」

冬犽輕咳，「談公事不小心談晚了。稍微過夜。」

「是啊，稍微。」百嘹輕笑。

封平瀾會意，識相地不再多問。

「我看了你對員工制服的安排企畫。」封平瀾翻了翻桌上的檔案，嚴肅地說道，「實驗袍日和護士服日都和醫院主題有關，我認為分開來辦有點多餘，不如合為一天，這樣就有多餘的天數安插旗袍日了。」

百嘹支著下巴，沉思，「白袍和護士服有不同的美感，白色衣襬下若隱若現的、穿著高跟鞋的長腿，和護士服短裙下的風光，各有千秋。」

封平瀾點點頭，「你說的有道理，我會再斟酌。」

「謝了。」

退下之前，百嘹對著冬犽眨了下眼，拉了拉鬆脫的領帶。冬犽裝作沒看到。

封平瀾將桌上的文件闔上，伸了個懶腰。

「您辛苦了。」冬犽看了下時間，「接下來是和奎薩爾總裁的例行晤談。」

「好的。」封平瀾起身，拿起整理好的一疊資料，獨自前往位於更高一層樓的辦公室。

奎薩爾是ZS集團的另一位總裁，是創社元老之一。雖然職銜和封平瀾一樣，但實質上的權力和位階仍比封平瀾高一些，算是封平瀾直屬、專屬的上司。

封平瀾敲了敲深色的原木門扉。過了一秒之後，沉穩而帶著磁性的嗓音傳來。

「請進。」

封平瀾推開門。辦公室裡，站在窗邊、沐浴在晨光之下的頎長人影占據了他的視線。他反射性地把手伸入口袋，打算抽出手機，拍下這比小貓翻滾追尾巴更療癒人心的畫面。但他忘了，他手中抱著一疊文件。

資料散落一地，發出沉悶的聲響。

「抱歉……」封平瀾連忙蹲下撿起資料，在奎薩爾淡然冷漠的注視下，坐入辦公桌正前方的位置。

「那麼，關於公司目前的情況……」封平瀾翻了翻資料，準備開始報告。

奎薩爾坐在辦公桌後，低頭看著文件聆聽，有如神像一般尊貴俊美。片刻，將文件闔起。

「奎薩爾總裁？」怎麼了嗎？他還沒報告完呢。

「我已經看完資料了。」奎薩爾起身，面無表情地走向封平瀾，將文件遞回。

「太厲害了！」封平瀾感嘆，「真希望我能像你一樣。」

「你會的。這次的新企畫相當完備，無可挑剔。」

「真的？」封平瀾喜出望外，接著小心地開口，「那麼，有沒有獎勵？」

「當然。」奎薩爾伸手，覆上了封平瀾的頭，輕柔地撫摸，「你做得非常好。」

「嘿嘿嘿嘿，謝謝總裁……」封平瀾難以控制笑容，猥笑著享受奎薩爾的撫摸。

「噗……」噴笑聲從室內的一角傳來。

封平瀾愣了一下。

誰？這裡還有別人在嗎？

不過奎薩爾似乎沒聽見，仍然認真而溫柔地撫摸封平瀾的頭。

聽錯了吧……

「你的夢境還真可笑。」陌生的譏笑聲清楚地傳來。

「什麼？」封平瀾轉頭，只見一名有著紫色長髮、似男似女的陌生人，不知何時出現在辦公室裡。

「你是哪個單位的？」封平瀾詫異地詢問。

那人笑著走向封平瀾，伸手拍了拍他的臉，「總裁大人，別再做夢囉。你應該知道，這全是假的。」接著，伸手往站在一旁的奎薩爾用力一推。

奎薩爾向後仰去，同時整個辦公室的空間扭曲，像是被扯下的布幔，滑落，化為烏有。

封平瀾想抓住奎薩爾，但是還來不及伸手，四周的一切便全部消失，化成另一個場景。

這是一片遼闊的曠野，看不見彼端，天空正流轉翻騰著魔幻的光彩。

「啊，是幽界。無星期剛結束的破曉之空。」陌生人望著天，發出懷念的讚嘆，

「這個背景不錯，我喜歡。看來你的幽界之旅過得很愉快，即便在這虛無之中也選擇了那裡的環境當背景。」

封平瀾一臉茫然，看著眼前的人。「你是誰？」

那人挑眉，盯著封平瀾的眼睛，「看來你被施了幻夢咒語。紳士怪盜那傢伙不太安分吶。」他笑了笑，戳了一下封平瀾的額頭，「你認得我的。」

瞬間，封平瀾如夢初醒，籠罩在思緒上的帶著醉醺感的薄霧消失。

「蜃煬？」封平瀾轉頭，打量著周遭，「呃，這裡是幽界嗎？」

「當然不是。」

「那，是雅努斯嗎？」

「或許在外面是吧。但這裡是裡面。」

「什麼裡面？」

「你的裡面。」蜃煬微笑，「嚴格來說，我也不是真正的蜃煬。我只是一部分的我，現在正停留於你的身體裡。」

封平瀾聞言，抖了一下，「……我是不是要打電話報警啊……」

蜃煬發出不屑的嗤笑聲，「果然是青春期死小鬼的潛意識。這裡是你的腦中。我們在你的意識裡。」他伸手，指向地面，「看這個，有團光對吧？」

封平瀾低頭，原本踩著的曠野變得透明，露出了地底下的空間。

在幽暗之中，有一團米白色的發光球體，球體外圍有一道紫色的光流環繞運行著。那是不穩定的紫，紅與藍融合得不完整，駁雜閃動。

「嗯，對。」

「白色的光球是你的靈魂，那道紫色的光流是我所下的咒語。」璱煬解釋，「施咒者和承咒者之間會有咒語上的連結，但沒有多少人知道，除了咒語，靈魂也有了連繫。施展咒語的時候，施咒者極小一部分的靈魂，也分植到了承咒者的體內。這就是為什麼我會出現在這裡的原因。」

「這樣不會死嗎？」

「那是千萬分之一的靈魂，就算耗損了，過沒多久元魂也會復原。雖然是完整的分身，但脫離本體之後，本體並不會察覺到我的存在。就像是頭髮，掉了一根髮絲不會致命，但是那細細的髮絲，卻承載了整個人所有基因，一根頭髮就能代表整個施咒者、甚至是他的過往。」

「那個，嚴格來說，有DNA的部分不是頭髮，是髮尾連接著頭皮的部分。要比喻的話，你的存在可能更類似體液——唔！」

蜃煬伸手捏住封平瀾的嘴。「青春期的死小鬼，動不動就扯上黏液。真是煩死人了。」

封平瀾把蜃煬的手移開，「所以，只要施了咒語，承咒者就會在夢裡看見施咒者嗎？」

這樣的話，為啥之前在夢裡他都沒機會和他的契妖們像這樣談話？醒著和睡著都能和奎薩爾他們互動並獨處，這是多麼美好的事啊！

「當然不會。我現在施的咒比較特別，所以才會出現在這裡。」蜃煬彈指。

地底下，纏繞在光球上的紫光，分岔出了一道細絲，浮出地面，在兩人的身旁緩緩盤旋。

紫光經過封平瀾的身旁時，他感覺到一陣帶著刺痛感的寒意。

「這是抽魂的咒語，先是隔絕意識，接著會連帶著靈魂一同從本體剝離。此刻，你的身體是睡著的，但意識卻是醒著的，所以看得見發生在靈魂裡的事。」

封平瀾眨了眨眼，雖然他對咒語完全外行，但光聽到「靈魂從本體剝離」這幾個字，便感到不妙。

「……為什麼你要這樣做？」

「我只是應他人要求。」

「是誰？」

「你應該知道的呀。」蜃煬輕笑揮指，紫光向上盤升，繞過了封平瀾的額旁，「認真想想睡著前你人在哪裡吧。」

昏迷前的記憶被勾起，他想起了自己倒地前看見的人。

「……靖嵐……」

夜晚，雅努斯殯儀館來了三名訪客。

封靖嵐、岳望舒，以及岳望舒所扛著、仍處於昏迷中的封平瀾。

「連續兩夜來訪，你就這麼想念我嗎？」蜃煬坐在辦公桌後，像少女一樣，雙手撐著臉頰，笑呵呵地看著封靖嵐，「猛男先生今天沒來嗎？」

「瓦爾各在車裡待命。」這陣子是敏感時期，他得更加小心行事。

「這樣呀。」蜃煬側頭，向站在封靖嵐身後的岳望舒揮揮手，「嗨，好久不見。你看起來變瘦不少呢，想必是天天縱欲鍛鍊腕力的成果吧，哈哈哈。」

岳望舒怒瞪著蜃煬，「還不是因為你！」害自己淪落苦海的罪魁禍首！

「因為想到我就讓你興奮？雖然受寵若驚，但對象是你讓人覺得很噁心呢。」蜃煬望向封靖嵐，「你應該早點帶他去結紮的。」

「我想，但是醫院裡沒有那麼小的刀。」封靖嵐輕笑，接著對身後的岳望舒下令，「把他放下。」

「放哪裡？」

「先放這裡吧。」蜃煬雙手一掃，將長桌上凌亂的雜物推到一旁，空出空間。

岳望舒輕緩地把封平瀾放到長桌上，封靖嵐冷笑了聲。

「去拉張推床過來。停屍間裡有空床。」蜃煬對著岳望舒指示，「不准對裡面的女士們動手動腳。」

「我才沒變態到姦屍好嗎！」岳望舒怒斥，踩著憤怒的腳步離開。

岳望舒走了之後，蜃煬將注意力轉向封靖嵐，笑問，「開學第一天，情況如何？」

「一切盡在掌控之中。」

「那些孩子呢？」

「今天照常來上課。看他們的反應，似乎對丹尼爾所做的一切一無所知。」一想到丹尼爾，封靖嵐便感到一陣荒謬。「丹尼爾因為那虛幻的理由而違反規定，連敵人的目的都尚未明確便出手干預。這樣的人，竟然曾在刑偵部呼風喚雨，簡直可笑……」

「真的是呢。」蜃煬笑呵呵地附和，「不過，雖然是盲目而為，但他確實干擾到你了，不是嗎？」

封靖嵐冷眼掃向蜃煬。

「那麼，跑掉的那幾隻契妖呢？」

「我派三皇子的人去追了。」封靖嵐不屑地哼聲，「沒了丹尼爾當後盾，那幾隻妖魔不可能有什麼作為。」

「為什麼不直接通報協會？讓協會加入追捕不是比較快？」

「這樣會打草驚蛇。要是引來太多協會的人，難保他們不會發現我們的計畫。況且那幾個學生來頭不小，要是牽涉進來，這些家族絕對會插手調查丹尼爾的案子，遲早會查到我身上。」封靖嵐看了躺在桌上的封平瀾一眼，「都是我這蠢『弟弟』害的。」

封靖嵐讓丹尼爾入罪的罪名是勾結不從者，他和蜃煬捏造了對方與綠獅子往來的罪證。至於丹尼爾包藏封平瀾和六妖入學、以及社團研接任務的事，他們並未向協會提起，呈報出去的相關資料也全被竄改隱藏。

這樣的安排有一定的風險，但比起讓協會全面介入，相較之下來得保險些。

離他的目標只差幾步，他不容許失敗。

蜃煬低頭看向昏迷中的封平瀾。那無辜的睡顏，莫名地讓他感到些許不自在。

他將視線移開，卻正好看見放在角落的盆栽。封平瀾送他的聖誕禮物。

蜃煬轉過頭，看向封靖嵐。

「如果你分給他千分之一的注意力，而不是直接丟給我做的老女人娃娃照顧，就不會發生後續這些麻煩。」他不知道自己為何要說這些，彷彿是在幫封平瀾辯解。

他不懂自己為何要這樣。

「我不想花心思在冒牌貨身上……」封靖嵐冷聲打斷，「況且，就算是我的失誤，這點程度並不影響我的計畫。」

「當然當然。」蜃煬微笑。

他看了封平瀾一眼，那股異樣的不自在感再度襲來。

混帳東西……

蜃煬咬牙，深吸了一口氣，「我說，你有沒有想過一件事？」

封靖嵐挑眉，投以疑問的表情。

「現在收手的話，一切還有轉圜的餘地……」蜃煬幾乎是用擠的將這句話擠出，「或許，或許有千萬分之一的可能性，這孩子不需要受到這樣的對待……」

這是他的極限。

最後一次，他就幫最後一次。

這樣他們就不相欠了。

封靖嵐看著蜃煬，片刻，發出一聲輕笑，「你是見不得人好，故意說這些話來擾亂人心嗎？」他搖了搖頭，篤定地開口，「我是不會動搖的。」

蜃煬耐著心反問，「他什麼都不記得了。你要對這樣一個無辜的人下手？」

「他並不無辜！就算真的忘記一切，也無法消去犯下的罪孽……」

蜃煬直勾勾地看著封靖嵐，忽地大笑出聲。那是一種解脫了的大笑。

好樣的，真是好樣的。

很好，他已經仁盡義至了。

他低頭看向封平瀾，勾起愛莫能助的淺笑。

過沒多久，岳望舒推著推床折返。

「交給你了。」封靖嵐語重心長地對著蜃煬開口，隨即轉頭對岳望舒嚴肅而語帶殺意地下令，「認真看，仔細記住所有步驟。」

蜃煬笑了笑，走到封平瀾的身旁。他在鐵床的四角擺上咒具，接著在封平瀾的身旁以及身上，畫下繁複的法陣與古老的咒紋。

光是畫下符文，尚未吟頌咒語，在場的三人便能感覺到一股古老而扭曲的力量在空氣中祟動。

接著，蜃煬開始施咒。紫色的光霧自符紋中勾浮而出，看起來像是有道無形的線在拉扯光霧。

咒語在封平瀾身上環繞，然後一絲一絲地滲入肌膚之中。

岳望舒在一旁觀看，冷汗直流。

這是什麼咒語……

咒語所散發出的力量讓他感到不安，直覺地想要抗拒遠離。但他不能這麼做，他知道要是他退後半吋，東尉的釘子便會刺穿他，將他推回原位。

不知過了多久，光霧消失，全數滲透入封平瀾的體內。

蜃煬停下動作，重重地喘了口氣，「好了。」他做個甩汗的動作，轉頭望向岳望舒，「接下來換你接手啦。」

「知道該怎麼做吧？」封靖嵐輕聲詢問。

岳望舒連忙點頭，抱起仍在昏迷中的封平瀾。

「保持聯絡。」封靖嵐臨走前對著蜃煬警告，「不准再搞小動作。」

蜃煬聳肩，對著三人揮揮手。「下回再見。」

來訪者離去後，蜃煬滑動椅子，來到了桌前另一側未拼完的拼圖前。

「這傢伙嘲笑丹尼爾被執著和信仰蒙蔽雙眼，失去理智。卻完全沒發現，自己也在做一樣的事呢……」

他伸手拿起一塊拼圖，端詳了片刻，接著將之扔回拼圖堆裡。

不用再拼了。

大勢已定。

接下來，他只要坐等終結的樂章響起。

然後在最後一刻，整齣戲最高峰的那一刻登臺——從眾人手中搶下凱旋的冠冕。

毀滅所有盼望的勝利之冠。

Chapter4

行爲瘋狂詭異的人，通常有著不爲人知的黑暗過去，但更多的時候，只是中二病發還未痊癒

影校的課程結束。

以往，柳浥晨會和同學們一起離開，邊走邊聊，走到校門外才分道揚鑣。今晚他們仍是一起離開，但是礙於有人監視，一路上，眾人彼此之間保持著距離，帶著沉重的尷尬，默默地走到校門口時，才互相說了聲再見。

柳浥晨回到家時，葉珥德已經坐在客廳裡了。

葉珥德的表情看來有些為難、有些歉疚，似乎知道柳浥晨已得知了那難堪的現況。

「為什麼——」柳浥晨快步走向沙發，本想質問，但她想起了葉珥德在校內說的話。

——不只在校內，在家中亦是如此。無論妳我，都必須管束口舌……

所以，不只學校，家裡和店裡應該都被監控了吧？或許網路、電話信件等各種通訊方式也是一樣的情況……

畢竟她可是罪臣丹尼爾．梵納特的外甥女，在他所管理的學校裡就讀，難免會讓人懷疑她也牽涉在內。沒被帶去審訊囚禁已經很幸運了。

柳浥晨長嘆了一聲，走向葉珥德。

「所以，丹尼爾的事，是真的？」她問的是已成事實的現況，被監聽到也無所謂。

「他確實被捕入獄……」葉珥德回答。

柳浥晨挑眉，聽出對方的弦外之音。

葉珥德承認的是丹尼爾被捕這件事，而非承認丹尼爾通敵謀反。

「……為什麼會這樣？」她迂迴地詢問，「有沒有可能是誤會？有沒有機會解開誤會？」

葉珥德苦笑，「丹尼爾有他的想法，通常外人無法理解……」

意思便是，沒有人可以幫丹尼爾翻案。

柳浥晨深吸一口氣，咬住下唇，雙手握拳，強忍著情緒。

「那個笨蛋！」她垂下了頭，肩膀微微顫抖。

葉珥德張開雙臂。他以為柳浥晨會哭，無助而軟弱地倒在他懷裡哭。如同一般女孩子遇到困境時一樣。

那是他原本打算把柳浥晨教導成的樣子。在適當的時機，適時地展現情緒，透露出自己的無助與柔弱，讓人憐惜安慰。這是淑女應有的態度。

總是凶悍倔強的柳浥晨，終於有些女孩子的樣子了……

他理應感到欣慰……心底卻莫名地有些許失望。

柳浥晨向前一步，靠近葉珥德。當葉珥德以為對方會投入自己懷抱、索取安慰時，她卻猛然伸手，將坐在沙發的他，強攬入自己懷中。

葉珥德瞪大了眼，任憑溫暖的柔軟環抱著他。他愣了一秒，想要掙開，因為這不合禮儀，但是柳浥晨的環抱堅定有力，讓他無法輕易推開。

柳浥晨將頭靠在葉珥德的耳邊，以帶著歉意與憐惜的語氣輕語。

「辛苦你了……」

契約主入獄，同伴們離開，被留下來面對這一切、背負所有責難的人，是最痛苦煎熬的。

葉珥德愣愣。他沒料到柳浥晨會是這樣的反應，沒料到柳浥晨即便在這樣艱難的時刻，也並未因此而軟弱。

「辛苦了。」柳浥晨再次低語，抱著葉珥德的雙臂收緊了些，「難為你了。」

葉珥德有些措手不及。

柳浥晨沒有索取憐惜和安慰，反而安慰他人。他遇過的主子裡，不乏體諒契妖、善待契妖的召喚師。但沒有人這樣對他。丹尼爾對他很好，尊重他、體恤他，但是他們並不會這樣互動。

他抬起頭，看向柳浥晨。

對方的眼眶有些溼潤，但沒有半滴眼淚流下。

柳浥晨眼中的火燄並未因艱難的環境而熄滅。火燄仍舊燃燒著，並且硬生生地將淚水燒乾，化為燃料。

怎麼會有這麼倔強剛硬的人……

這是他想侍奉的主子。

葉珥德的心緒有些雜亂，他本想講些冠冕堂皇、義正詞嚴的話，但最後只吐出一句，「這是我應該做的。妳也辛苦了。」

柳浥晨重重地拍了拍葉珥德的背，接著深吸一口氣。

眼眶中那最後一丁點的溼潤已消失。

「雖然如此，」她的雙手搭在葉珥德的肩上，認真地詢問，「只要活著，就還有轉機，對吧？」

葉珥德明白對方的話中之話。

丹尼爾的處境已經走入無法變動的死局了嗎？還有轉機嗎？

「當然。」葉珥德搭上了柳浥晨的手背，「雖然那不太容易。但至少我們並沒失去一切。畢竟被捕入獄的只有丹尼爾。」

柳浥晨會意，暗暗微笑。

所以，封平瀾和他的契妖並未被捕，而是潛逃在外。

如果援手只有封平瀾他們的話，確實是不太容易，但至少機會不是零。

封平瀾一人可以抵千人，他的契妖的實力也足以媲美協會上級的精銳部隊。

「老爸老媽他們還好嗎？」她母親和丹尼爾姐弟倆感情很好。出了這樣的事，不知道她現在怎麼樣了。

「他們也在努力調適中。」葉珥德委婉回答，「他們關心妳，但也相信妳能做好該做的事。他們也希望妳信任對方，因為他們也會處理好該做的事。」

兩邊的處境相同，但是兩邊都不會逆來順受，都陽奉陰違地暗中找尋反擊翻盤的機會。

果真是一脈相傳。

柳浥晨暗自鬆了口氣，接著以感慨的口吻說道，「遇到這樣的事情雖然很難過，但日子總是要過的。」她故意苦笑，「幸好我之前很低調，沒多少人知道我和丹尼爾的關係。」

說得彷彿是在慶幸自己並未受池魚之殃。她知道協會的人會聽見這番話。

「謙卑總是有益處的。」

柳浥晨淺笑著鬆開手，轉過身，用力拍了拍自己的臉頰，做出振作精神的樣子。

「店裡的營運情況不太好，得安排一些新的促銷方案了。」她無奈地開口，「本來靠著丹尼爾還可以得到些資助，現在只能靠自己了。」

「是的。」葉珥德推了推眼鏡，「我相信妳能辦到。」

他不知道柳浥晨打算做什麼。但是他很期待。

無論結局為何，他都會全力以赴。

他想知道，任憑那火燄自由燃燒，會燒出什麼燦爛的光彩。他願意將生命和未來，交託在這主子手中。

都會中央，平滑黑色牆磚包裹著的高聳建築，是上流階層尋歡作樂的據點。無論晝夜，建築內總有個空間，給予來訪者最頂級的享受。

中段樓層長期住戶的房間，巨額的年費讓居住者享有一流服務的同時，隱私也得到最嚴密的保護。

位於影音娛樂區的包廂放映室，其中一間的門板上掛著使用中的牌子。房間裡擺放著舒適而寬敞的沙發，牆面上巨大的投影布幕，正上演著驚悚恐怖片。百嘹斜躺在沙發上，喝著糖水，悠哉地看著影片。

現在是大白天，歌蜜、殷肅霜和瑟諾出外偵查消息。奎薩爾等人則留在會館裡等待。就像是被關在一座豪華的牢籠裡，若是平常，他們能興奮地享受這裡的所有設備，盡情使用各種服務。但此刻，面對眼前的巨變，沒人有心思娛樂。

除了百嘹。

包廂的門打開，不速之客擅自進入，在百嘹身旁的空位坐下。

「你應該敲門的。」百嘹頭也不抬地開口，「說不定我正在辦事，你的長相會嚇到我的玩伴。要是他們知道我們認識的話，會破壞我的行情。」

「播放這種影片，你玩得下去？」索法輕笑。

「從前曾經在皇陵裡、在歷代先祖遺體前和寵妃交歡的傢伙，竟然教訓起我了呢。」

「叮咚。」嵌在牆內的小櫃傳來聲響，那是送貨梯抵達的通知聲。

大樓裡的每間包廂、每個房間都有這樣的送貨用小電梯，只要把需求輸入客服系統，過沒多久，便會由送貨梯送達。完全不需與人接觸，保有客戶的隱私。

索法走向櫃子，拿出一大壺紅茶和一個鑄鐵鍋，坐回原位。他掀起鍋蓋，濃烈的蔥蒜和香料味隨著熱氣傳出。

百嘹挑眉，看向索法。

「我餓了。」索法解釋，拿起筷子吃了起來。

「你吃這個？」

「三杯雞。怎麼，你不知道皇族能吃的東西比一般妖魔複雜？」

「我知道，只是沒親眼見過。」他知道皇族能在人界的飲食，沒有特別的限制。雖然也有偏愛的食物和口味，但能食用的食物比一般妖魔更多。

「你們的皇子來到人界沒進食過？」

「沒有。」百嘹將目光轉回螢幕，「我們停留的時間不長，沒機會知道他喜歡吃什麼。」

「人類的料理是一種藝術，可惜你們無法享受。」索法吃著鍋中料理，啜飲了幾口冰紅茶，發出滿足的低吟。

「你應該嘗嘗冬犽的料理，那也是一種藝術。」百嘹壞心地建議。

「別以為我不知道那傢伙做出來的食物是什麼樣子。」索法冷笑，「學園祭時，光顧過貴班餐廳的學生吐得宿舍到處都是。」

百嘹笑著聳肩，繼續喝著糖水，盯著眼前的影片。片中，一名女子為了救出自己的小孩，深入受詛咒之地，被駭人的惡靈追趕。

「沒想到你喜歡看這種影片。」

「沒有特別喜歡，只是好奇。」百嘹撐著頭，悠悠開口，「影片裡的人總是不厭其煩地讓自己或所愛的人陷入險境，然後再不厭其煩地想辦法逃離自己引發的災難，或是拯救被自己牽連而陷入災難的人。很蠢，而且讓人難以理解。」

「然後？」

「我發覺我們也在做一樣的事。我覺得我和裡頭的人類一樣蠢。」

他願意為雪勘皇子效忠賣命，但他不懂，為什麼他對封平瀾似乎有一樣的感受。

他覺得，不能就這樣丟下封平瀾。就像片中的人，不願意為了自保而丟下自己在意的人一樣。

封平瀾是仇敵的弟弟。從過往的經歷，以及那天滅魔師和封平瀾的互動，他可以看出，這對兄弟的關係並不好。封平瀾的兄長是他不幸的源頭，就像三皇子和雪勘一樣。

或許是因為封平瀾和雪勘皇子有相似的遭遇，所以他對封平瀾抱持著相對的同情吧。封平瀾只是沾了雪勘皇子的光而已……

「百嘹很少和我聊天，我以為你應該對我不熟，沒想到你這麼了解我……」

他觀察封平瀾、了解封平瀾的目的，是為了嘲笑對方、傷害對方。但是失敗了。而且，因為了解，反而讓他無法輕易地扔開拋下。

他沒料到會這樣，他討厭這樣。

「總是有人比你更蠢的。」

「為什麼不和我相認？」

百嘹輕笑，沉默了許久才再次開口。

「因為我知道，見了面你會像現在一樣不斷詢問我問題。」

「所以，你的答案會令你感到羞恥？」

「對。」索法挑起九層塔，扔入嘴中咀嚼，「比你剛才承認自己愚蠢，更丟臉更尷尬。」

「總是會有人比你更丟臉的。」百嘹笑道，「你說你做了交易。和誰交易？換來了什麼？」

「我和你們一樣，去找了絲帕蔻娜。」索法自嘲一笑，「不然我怎麼會那麼了解識殿的一切？」

百嘹微愣。他想起在識殿時，絲帕蔻娜說過，有人以青春年華做為換取占卜的禮物。

原來那人就是索法……

「我用永駐的青春做為禮物。絲帕蔻娜給的預言太過曚曨曖昧，所以我又犧牲了一隻眼，為了看見更清楚的具體方向。」

「你問了什麼問題？」

「我想找一個人。」索法喝著紅茶，望向螢幕，思緒卻飄向遠方。「……數百年前，我曾來過人界。那時候我遇到了一個女人，她是某個貴族的千金。我和她往來了一陣子。」

百嘹暗笑。想必是非常深入的往來，非常有索法的風格。

「後來王位繼承戰結束，我返回幽界，然後遇到了你，」索法笑了笑，「和你一起玩樂的時光很愉快。」

「是啊。」

「某一天，我突然想起了那個女人。也不知道是一時興起，或是某種不知名的理由，我想見她，所以我就偷去了人界一趟。」

「是在霰都分開行動的時候？」

「對。」

人界和幽界時光流逝的速度不一樣。他返回幽界後停留了上百年，但是人界大概才過了十幾年。他認為這次前往人界，必定能再度見到那女人。但是，舊地重遊，得到的卻是對方的死訊。他想憑弔，卻找不到她的墓。因為那女人死得不光彩，所以沒有舉辦喪禮，也沒葬在家族的墓園裡，整個家族的人恨不得抹去她存在過的證據。

「我透過各種管道打探才知道，她在我離開之後沒幾個月便被族人囚禁，兩、三年後便過世了。」

「為什麼被囚禁？該不會和你有關吧？」

「對，因為她未婚卻懷了孕。」

百嘹挑眉。

「她懷的是我的孩子。」

百嘹詫異。他知道皇族和一般妖魔不同，同時兼具人類和妖魔兩個物種的優勢，但他沒聽說過妖魔能和人類繁衍後代。

「與外人私通懷孕雖是嚴重的事，在那個年代卻非罕見，憑著家族的勢力仍然可以將事件壓下，粉飾太平。但是那些人類卻將她終生囚禁，並且試圖抹殺她的存在……」索法停頓了片刻，「想必是那個嬰孩出了問題。」

人類與妖魔結合的產物，是人而非人，是妖而非妖，那是什麼樣的一個生物？不只人類，連他都會感到不可思議。

出於某種不知名的執著，他費了很長的時間，打探到了她的墓。

那女人被埋藏在偏遠村落的公墓，和平民葬在同一處。墓碑上只寫了名字的縮寫和生卒。然後——

「我挖開了墓，墓裡只有她乾枯的遺體。這代表那孩子還活著，並沒有一出生便被扼殺。」索法望向百嘹，「我想要知道那孩子的下落。」

「……所以，你便決定裝死，要我去找新的主子投靠？」

「是的。這是我個人的問題，我不能拖你下水。」

百嘹冷哼，發出了嫌棄的嗤笑，「真是貼心吶。」

「我去找絲帕蔻娜，她告訴我，那孩子已經死了，但他的後裔不斷延續。」

——反常的存在，持握著權杖，高坐於琉璃屋裡的聖座上，成為引領著反動者的盼望，任人瞻仰。

這是絲帕蔻娜的預言。他聽不懂這代表什麼，所以他犧牲了一隻眼，為了得到更清楚明確的未來。然後他看見了丹尼爾・梵納特。

「絲帕蔻娜要我跟著他，她說跟著他我便能找到我的後裔。」索法笑了笑，「於是我便在人界與幽界兩界穿梭，一面找尋線索，一面等待。數百年後，我最終和丹尼爾相遇。這是我為什麼會和丹尼爾合作的原因，也是我為何會幫助你們的原因。」

百嘹聽完後，靜靜地喝著他的糖水，看著螢幕，良久才開口。

「你真的很蠢。我認識的索法，在知道那女人死了之後，便會抽手，返回幽界，繼續荒淫而逍遙的日子，直到生命終結。」他瞥了索法一眼，「那個女人的孩子也死了，他的孩子與你的關係就更遠了。你連對方是男是女都不知道，找到了也沒意義。」

「我知道。」索法淺笑，「不過，就像影片裡的人一樣。我像著了魔一般，做出愚蠢而盲目的選擇。」

人類的身上有種病毒，相處久了，便會被感染。被感染的妖魔，會變得不像妖魔，而像個人。

外表像人，行為像人，內心也像個人。明知道是病，卻不想痊癒。

百嘹不予置評。

手機響起，索法低頭查看，是殷肅霜傳來的訊息。

「該回去了。」

兩人離開包廂，折返房間。

半路上，百嘹突發奇想，「那孩子該不會是封平瀾吧？」

封平瀾的遭遇也如此特殊，說不定他是索法的後裔，所以才會有這樣的命運。

「當然不是。」索法失笑出聲。

「你怎麼知道？」

「皇族的人對自己的血脈有共鳴。在看見的第一眼便能認出。」

索法想起了丹尼爾說過的話，不自覺地喃喃道，「至上神對每個人都有各自的計畫和安排，每個人都有各自的重要性，祂不會把所有的使命都加諸在一個人身上。我們都是引領未來、帶來復興和變革的關鍵，都是名為未來的巨大拼圖裡的其中一塊，缺一不可。」

深夜，曦舫學園中庭。

封靖嵐站在中庭正中央，輕輕地踏了踏空間通道的核心基石。

「改裝的進度如何？」他淺笑詢問身旁的妖魔，三皇子的手下唳犺。

「一切順利，目前已完工八成。接下來只剩下細節需要調整。」唳犺畢恭畢敬地回答。他見識過東尉的手段，自己也被東尉下了咒語。面對這掌控自己性命的人，他不敢有一絲怠慢。「另外，這幾天協會的人在校內各處設下監控咒語，請問是出了什麼情況嗎？」

「協會盯上了某個學生。那與我們無關。」封靖嵐冷眼掃向唳犺，「這些小咒語對你們造成干擾了？」

「當然沒有，完全沒有任何影響。我們的人手都非常低調，即便談話也會用咒語遮蔽那些監控咒，絕對沒有引起任何注意，請您放心！」

「很好。」封靖嵐滿意地點頭，「那，這通道可以使用嗎？」

「如果只是在人界移動的話，可以。」

「幫我連結到羅馬的影校。」

「是。」唳犺連忙找來合作的綠獅子成員，一同啟動咒語。

符文開始運作，光道開啟。下一刻，封靖嵐的身影自中庭消失。

幾小時後，他抵達了佛羅倫斯的綠獅子聖廷。

「東尉。」珂爾克見到他，露出了欣喜的表情。這讓西尉非常不悅。

「好久不見，聖女殿下。」

「你帶了什麼禮物給我？」

東尉遞出華麗的紙袋，珂爾克迫不及待地打開，是一隻泰迪熊。

西尉不屑地嗤道，「你準備的禮物千篇一律，了無新意。」

「抱歉。」東尉自責地低下頭，「我以為聖女殿下喜歡……」

「我確實喜歡。」珂爾克把熊放到身後。她華麗的娃娃屋旁堆放了好幾隻顏色、服裝不同的泰迪熊和玩偶，大部分都是東尉所送。

「謝謝聖女抬愛。」東尉行了個禮。

「三皇子放在你身邊的那隻妖魔呢？」西尉開口，「你終於膩了？」

「我派給他其他任務。」東尉恭敬地稟報，「目前結界已經完成八成，再過不到半個月，三皇子的所有兵將便能前來人界，與綠獅子會師。掌控了通道，我們能在世界各地進行突擊，屆時協會的人將無法抵禦。」

西尉點點頭，非常罕見地對東尉給予了肯定。

「做得好。」

「等解決協會之後，那批僭行的皇室妖魔就沒有用處了。」東尉微笑，「我也會把你想要的東西，打包得漂漂亮亮的帶到你面前。」

西尉瞪了東尉一眼，意示他閉嘴不要多言。他緊張地轉頭看了珂爾克一眼，幸好對方對這話題沒有興趣，沒察覺到異常。

「繼續做你該做的事。」

「好的。等戰爭開始時，我會立即趕回，加入聖女御駕親征的軍隊，聽候指揮。」

「不必。」西尉否決，「殿下不會親自出征。」

「什麼?!」珂爾克聞言，發出不滿的抗議。

封靖嵐早就預料到這情況。他原以為西尉只會嚴密地一路守護珂爾克，沒想到對方根本不打算讓她上戰場。

幸好，他早已鋪好路。

「我們不會讓您去前線。」西尉耐心地安撫，「您太尊貴了，我們不能冒著損失您的風險讓您離開聖廷。在這裡您才能得到最完善的保護，您的軍隊會為您效力，將世界的寶座帶到您的面前。」

「那我要做什麼?」

「您將留在聖廷，為每一個出征的將領給予祝福。」

珂爾克表情驟變。

噁心感湧現，憤怒襲上了她的內心。

她才不是尊貴的聖女，她上不了前線，因為她是後勤的補給品!

珂爾克站起身，以肉眼無法捕捉的速度，移動到西尉面前，單手掐住他的頸子，將對方高舉離地。

封靖嵐站在一旁，故作吃驚，但心裡暗暗希望珂爾克就這樣把西尉的頸子擰斷。

這男人非常難纏，少了他會讓事情好辦許多。

「殿下……」西尉痛苦地喘著氣，雙手強自揪住自己的大腿，也不伸手握住珂爾克的手。他怕自己控制不住力道，傷害到那白嫩的肌膚半分。

珂爾克想就這樣殺了這個男人。

但在西尉快要撐不住的前一刻，她鬆開了手。

西尉癱倒在地，重重喘息。

珂爾克非常生氣，氣自己被限制。但埃耆尼是歷任西尉裡她最喜歡的一個。她也知道，眼前這個西尉死了，馬上就會有新的西尉來替補。

綠獅子在她身上做的決定，從來不會更動。就像對她隱瞞她生母的事一樣，態度委婉卻堅決。他們寧可放任她殺害下屬，也不曾動搖。

「謝……謝殿下……」西尉自地上狼狽地爬起，誠心地謝恩。

嘖，可惜。

封靖嵐暗暗地翻了個白眼。

「出去！」珂爾克下令。

「是……」

西尉和東尉兩人同時轉身，準備離開，但珂爾克再次出聲。

「你滾！」她對著西尉怒斥，伸手指向門，接著看向東尉，「你留下。」

西尉瞪向東尉，對方投以無可奈何的表情。

「您會明白我的用心良苦的……」離去前，西尉留下了這句話，才闔上門。

珂爾克坐回柔軟的毯氈上，賭氣地抱著玩偶，低頭不語。

「西尉對您非常忠心，他很在意您。」封靖嵐開口，看似在為西尉說話，但他知道這樣只會有反效果。

「我只是他的傀儡。」珂爾克反駁。

「但是，能當個有價值的傀儡也不容易呢。」

珂爾克微愣，轉過頭，睜大眼望向東尉。

封靖嵐回以微笑。

珂爾克以為那是玩笑話，也跟著扯了扯嘴角。

封靖嵐走向珂爾克，逕自蹲下，坐在珂爾克身旁的空位，接著伸手，輕柔地拍了拍珂爾克的手背。

身為四尉之一，這樣的舉動近乎冒犯，但他知道，小公主現在需要的，就是不把她當聖女看待的人。

珂爾克詫異，但是對東尉的舉動感到窩心。

東尉是用對待少女的方式對待她，而不是把她當作「聖女」。

珂爾克將頭靠向東尉的肩，接著伸手，像抱住巨大的玩偶一樣，抱住了對方。

封靖嵐微微挑眉，但沒阻止。

「好溫暖喔。」她感覺得到對方的體溫、呼吸、和心跳。「我聽得到你的心跳聲。」

「西尉不曾抱過您？」

「有，因為我命令他這麼做。」沒有她的命令，她的臣下是不會主動觸碰她的。

「西尉不溫暖嗎？」

「我不記得，我只感覺到他全身僵硬，而且心跳非常快。」

「因為他愛慕您。」

「才不，他是在緊張、害怕。」珂爾克冷笑，「他覺得他不配。」

她是聖女，是綠獅子們的信仰，是有如神祇一般的存在。

西尉是她虔誠的信徒，他願意為她獻上生命，也不敢對她產生半絲妄念。那是種褻瀆，信徒怎能對神有褻瀆的想法呢？

封靖嵐微笑不語。

西尉很蠢。只要用最簡單的方式，就能讓珂爾克照著自己的意思行動，但他卻不敢那麼做。

這個年齡的女孩都夢想成為公主，和王子般的另一半相遇、相愛。而不是成為統治天下的聖女。

「您很美麗，任何人看到都會心動的。」封靖嵐笑道。

珂爾克很開心，她被讚美過無數次，但只有東尉說的話讓她覺得不是奉承。「……西尉說，等我登基之後，會幫我安排婚禮。」

「真的？」封靖嵐故作訝異，「新郎……該不會是他吧？」

他知道不是。綠獅子的護廷四尉和高階幹部，都知道聖女的新郎會是什麼樣的人——或者說，什麼樣的生物。

只有這天真的小公主被瞞在鼓裡，什麼也不知道。

「當然不是！不是綠獅子裡的人。」珂爾克連忙否認，接著低下頭，不好意思地開口，「況且……如果能和四尉結婚，我一定會選你。你是騎士，我願意當你的新娘。」

「能得到您的賞識是我的榮幸。」封靖嵐的手環上珂爾克的腰，他低下頭，在那精緻的小臉旁低語，「無法實現，真的非常可惜……非常遺憾……」

珂爾克的心跳加速。

封靖嵐忽地將手鬆開，起身。

「抱歉，我還有任務在身，必須先告辭了。」

珂爾克悵然若失地看著東尉，「不能交代其他人做嗎？」

「不能。」封靖嵐苦笑，接著拿起放在一旁的玩偶，輕輕地放到珂爾克的腿上，像是在做壞事一般，湊到她的耳邊，小聲地、偷偷地交代，「如果想念我的話，就把這些玩偶當成是我吧。它們很想待在您的身邊，就像我一樣。」

珂爾克愣住。東尉抬起頭，對她投以溫柔的笑容，接著才轉身離去。

東尉離開之後，珂爾克把每一隻東尉送的玩偶翻出來，擺在她的身邊，環繞著自己。她抱著一隻小熊，將頭埋入毛茸茸的熊偶之中，不自覺地勾起淺笑。

離開了綠獅子聖廷，封靖嵐返回位在羅馬的影校，接著利用空間通道，沒多久便抵達了巴黎。

「一切順利，皇子殿下。再過半個月，便是您攻城掠地之時。」

三皇子滿意地點點頭，「有雪勘的下落了？」

「目前尚未有消息。我已經安排您的部下追蹤搜捕那六名契妖，若有消息他們也會立刻向您呈報。」封靖嵐不著痕跡地把責任推回給三皇子。

三皇子哼了聲，「沒用的東西……」

「皇子殿下也不必擔憂，就算雪勘皇子真的流亡在外，等到結界完成，憑您的軍隊和綠獅子的人馬，他再怎麼強大也不可能以寡敵眾。」封靖嵐奉承道，接著話鋒一轉，

「或者，雪勘皇子有什麼不為人知的祕密武器？」

三皇子警戒地瞪向封靖嵐，「你問這做什麼？」

「因為您對他相當防備，我擔心若是之後有機會與他當面交戰，會無法抵禦。」封靖嵐誠惶誠恐地回應，「畢竟強大如您都對他如此忌憚，更何況是我們這些人類？」

三皇子冷眼審視封靖嵐，片刻，發出不屑的冷哼。

「那傢伙是有些特殊能力，但每個皇子都有自己的特殊能力，沒什麼大不了的。雪勘的能力在戰鬥時派不上任何用場，多些人圍攻，便能將他解決。」

雪勘令他顧忌的，不是他的能力，而是他的腦子。那傢伙非常聰明，非常會盤算，勝過所有皇子。

過去，雪勘隱藏鋒芒，沒人知道這位小皇子究竟有什麼能耐。有些人對他的能力有所猜測，但沒有任何人猜對，沒有任何人知道真相。

只有他知道。

他承認雪勘比他聰明、傑出，但是，他比雪勘卑鄙。這是雪勘失敗的原因。此刻被追殺的是雪勘，而不是他，他是最後的贏家。

「您要在人界建立您的帝國，所以您打算將雪勘送回幽界？」

「他不會安分地返回幽界的……」

他了解雪勘。

從小他們生活在一起，相處融洽。這不只是因為他善於偽裝，而是因為他們有共同的想法、共同的喜好。

他是全世界最瞭解雪勘的人。就連雪勘那些死忠的契妖、甚至是奎薩爾，也沒他瞭解那麼深。

他和雪勘，都是會執著於目標而不擇手段的人。兩人差別只在於，雪勘更會包裝自己的殘酷。

「若無事稟告，就退下吧。」三皇子冷聲下令。

「是。」封靖嵐行了個禮，由衷地開口，「期待殿下兄弟相見的那一日。」

Chapter5

思春期的男孩連掰竹筷都能想歪

虛無的世界，幻妄構築成的世界。來自異界的天空，流轉著絢爛妖異的光彩。

封平瀾低下頭，有些詫異，卻又有種意料之內的感慨。

「靖嵐真的這麼恨我啊……」他咽了口口水，詢問，「所以，他想要殺了我嗎？」

「要殺你的話多的是機會，不用等到現在。他恨你，是因為他覺得你偷走並弄壞了他最珍貴的東西。」

「但我沒有啊！」簡直莫名其妙！

「重點不是你有沒有做，而是他這樣認為。」

封平瀾有些憤怒，「如果覺得我拿了他的東西，就直接講啊！說不定誤會就能解開，甚至我還可以幫忙找！」

「像你幫那些契妖找尋雪勘皇子那樣？」蜃煬笑出聲。

封平瀾不懂這有什麼好笑的。

「那東西一直都在，只是變了，需要修復，但手續有點麻煩。」蜃煬掩著嘴，難掩興奮地噴笑，「你哥特別指定，要我用他覺得正確的方式來修復，哈哈哈哈哈！他不知道那樣只會越搞越糟！」

「所以，那東西現在在你手上？」

「當然。不然我怎麼會在這裡。」蜃煬回了個難以理解的答案。

「你會告訴我那是什麼東西嗎？」

「這個嘛……」蜃煬撐著頭，做出深思的表情，接著咧嘴一笑，「才不要。那個是最終極的祕密，我打算一個人獨享。」蜃煬勾起了意味深長的笑容，「我什麼都知道，我連他不知道的事也知道唷。」

封平瀾沒好氣地看著蜃煬。

即便是分身，即便是在自己的意識之中，他還是拿瘋癲的蜃煬沒轍。

慢著，既然這是他的意識，那他應該有主導權吧？

他仰首看向天空，集中注意力。片刻，絢爛迷幻的幽界之空，變成了人界的湛藍晴空。

「哈！」封平瀾得意地看向蜃煬。悠哉站立的蜃煬瞬間被憑空冒出的粗繩綑綁，固定在手術臺上。封平瀾學電視上的反派，勾起扭曲的獰笑，陰惻惻地威脅，「你最好乖乖回答我的問題，否則……哼哼哼……」

「否則你要挖出我的眼睛，切下我的生殖器，插在我的眼窩裡嗎？」蜃煬興奮地反問，「還是要割開我的肚子，在裡頭倒入強酸呢？」

封平瀾的臉僵了僵，「你腦子裡到底裝了什麼啦！」他用力地甩了甩頭，想把方才聽見的恐怖酷刑甩出腦中，「我只會捏住你的鼻子和嘴巴，然後瘋狂搔你胳肢窩癢。」

「真沒意思。」蜃煬不耐煩地坐起身。他將手向兩旁張開，捆在身上的粗麻繩變得像融化的乳酪一般，延展牽絲，接著掉落。

「我存在於你的意識裡，我也可以變更幻象。況且就算真的對我用刑，我也不痛不癢。」

封平瀾沮喪垂肩，忽地靈光一閃。他一彈指，讓蜃煬換上了粉紅條紋比基尼泳裝，並在他胸前加了一對超大的巨乳。

「嘿嘿，你就維持這樣和我聊天吧！哈哈哈！」

陽光灑下，不知從何處冒出的水柱噴了蜃煬一身溼潤。

「青春期的死小鬼……」蜃煬搖了搖頭，「我說過，我也可以操控幻象呀。」

他彈指，兩條纖腿之間的比基尼泳褲緩緩隆起，凸成一包雄偉的帳篷，布料的彈性被撐到極限，看起來岌岌可危，裡頭的巨物隨時都會彈出來見客。

不只如此，原本修長玲瓏的雙腿，長出了結實的肌肉，及捲曲濃密的腿毛。

「夠了夠了！」封平瀾連忙制止，再看下去他會有心理陰影。

蜃煬伸手往身上一揮，變回原本的裝扮。

封平瀾決定轉換話題。「我哥是滅魔師，為什麼他會和郵輪上的妖魔在一起？」他停頓了一秒，「該不會他背叛了協會？」

蜃煬拍手，同時，封平瀾的身後噴出了彩帶和金蔥。「沒錯，你果然很聰明，不會問笨問題。」

封平瀾嘆了口氣。

他應該要驚訝的，但是發生了太多事，讓他有些麻木。光是發現靖嵐就是封印奎薩爾的滅魔師這件事，就已經震撼到足以讓其他事都顯得微不足道。

「那，為什麼他要背叛協會？是因為福利不好所以才跳槽到綠獅子嗎？」他想起過去，封靖嵐總是因為工作在外奔波，久久未歸，非常忙碌。

不過，那也有可能只是因為對方不想回家、不想見他的關係。

「對，因為協會取消了他的年終和退休金，連公司廁所也不再供應衛生紙——想也知道不是。」蜃煬甩手，封平瀾的身旁傳來了一陣喝倒彩的噓聲，「他背叛，是因為協會先愧對了他。」

「協會做了什麼？」

蜃煬微笑，「不告訴你。」

封平瀾皺了皺眉，「那，可以讓我回去剛才的夢裡嗎？」

既然自己是昏迷的狀態，什麼也不能做，至少讓他回到荒誕可笑的美夢裡，讓他逃避，不去思考問題。

「不行，我要和你聊天。」蜃煬開心地說著，「好不容易有機會可以和人分享祕密，當然要好好把握機會！」他雙手搭在封平瀾肩上，「我知道很多很多事，知道很多祕密唷！這真的很刺激，但是要忍著不說，真的超難受的！」

「你又不會告訴我全部的事，只會吊人胃口。」

「這才是樂趣所在嘛。」蜃煬戲劇性地舉起手，背後噴出了兩道彩虹。

「你不能離開嗎？」

「沒辦法。」蜃煬輕笑，「除非接班的人來，否則我會一直在這裡。」

封平瀾盯著瘋癲的蜃煬，心裡突然感到一陣悲傷。

無論是在現實中還是在虛空的意識裡，無論是本體還是分身，蜃煬都被囚禁著，得不到半點自由。

是這個原因才讓他如此瘋狂嗎？

「你幫助靖嵐背叛協會，是為了逃離雅努斯嗎？」

蜃煬挑眉，「怎麼，對我有興趣？」

「反正問你我的事，你也不會說出全部，越問只會越苦惱而已。不如來聊聊你自己。為什麼你會在雅努斯？」封平瀾停頓了一下，「如果你不想說的話也沒關係。」

蜃煬看著封平瀾，接著揚起笑容，輕聲回答，「我觸犯了禁忌。心甘無悔地犯下禁忌。」

封平瀾等著對方說出下文，蜃煬卻遲遲未開口。

好吧，看來這個問題也問不得。

當他打算放棄談話時，周遭的景色開始變動。下一秒，他和蜃煬兩人已身處在一個看起來像實驗室的寬敞房間內。房裡擺滿櫥櫃，櫃上放著貼著符咒的瓷甕、和裝著不知名生物器官的玻璃瓶。

房間的中央有一張解剖臺，臺上躺了個高大的身影，臺邊站了個纖麗的女性。

「這是？」

「口頭講不清楚，我直接讓你看。」蜃煬對封平瀾勾起嘴角，「認真看。你是第一個目睹這段回憶的人。可能也是唯一的一個。」

「喔？」封平瀾眼睛一亮，「那個女生頗正的。等等，該不會有限制級的香豔畫面吧？哈哈哈哈我開玩笑的。」

臺邊的女子有著清麗的容顏，她對著臺上的軀體吟誦著咒語。

解剖臺上的軀體，有著紫色的長髮、剛毅的容顏和精緻的五官，身上則覆蓋著青紫色的鱗甲。那是隻妖魔。

「那個是我。」蜃煬低語。

「哪一個？」封平瀾反問。

「兩個都是。」

「啊？」封平瀾不懂。但他發現，無論是躺在臺上的妖魔，還是站在臺邊的女子，從他們的外表和面容上，都可以找到蜃煬的影子。

「女的是宗蜃，臺上的是她的契妖，眩煬。」

「他們——」

「噓，專心看。」蜃煬打斷了封平瀾的問話。

封平瀾乖乖閉嘴，望向解剖臺。

宗蜃一邊吟誦咒語，接著伸手，從眩煬身軀的各個關節處，拔出了細長的銀針。每拔一根，躺在臺上、僵如人偶的眩煬便震了一下。同時，宗蜃的臉越發蒼白了些，她的表情像是在忍耐著痛苦。

「她在做什麼？」

「解椿。」蜃煬的語氣裡帶了些感嘆，「違反家族規定，讓她的妖偶自由。」

誦咒聲停止，宗蜃丟下最後一根銀針。她的十隻指頭鮮血淋漓，不斷滲出血來。

解剖臺上的高大身影顫動，隨即緩緩起身。兩人相視，然後相擁。

封平瀾側眼看了身邊的蜃煬，他發現，蜃煬以著迷又懷念的表情，專注地盯著眼前的兩人，他的嘴角揚著淺笑，真心的淺笑。

眩煬牽起宗蜃的手，將那滿是傷口的手捧在掌心，湊到嘴前，一點一點，輕輕地、細碎地吻著，從掌心吻到手腕，接著吻向手臂。覆著青麟的手，扣向了那垂著細長烏絲的頸後——

「哇喔！」封平瀾屏氣凝神，瞪大了眼，專注地看著眼前的一切。

他看過本子，他知道接下來會發生什麼事！這太刺激了！

然而，下一刻，場景轉換。實驗室深情交纏的身影消失，取而代之的是黑夜中的山林。

「接下來要付費才能下載觀賞喔，哈哈哈哈！」蜃煬的譏笑聲傳來。

「其實我並沒有很想看。」封平瀾故作淡定地回應，心裡卻重重地嘖了聲。

「最好是。」蜃煬翻白眼吐槽。

「現在這是哪裡？人呢？」封平瀾顧左右而言他。

「宗家本宅外十公里遠的山林裡。」

滿月當空。眩煬高大的身影出現在林間的空地，他的手中橫抱著宗蜃。

眩煬全身布滿了大大小小的傷口，他懷中的宗蜃雖然沒有明顯的外傷，但是身子動也不動，臉色蒼白如紙。

「她……死了？」封平瀾小聲地詢問。

「還差一些。」蜃煬看著眼前的兩人，淡然地陳述，「幾個小時前，他們被派去勦滅不從者的一個據點，在快要戰勝時，宗蜃為眩煬擋下致命的咒語。本家也因此發現宗蜃違反規定，解除了契妖身上的咒椿。」

「所以眩煬才要帶著她逃跑？」

「那是原因之一。」蜃煬冷笑，「本家的人不打算救宗蜃，所以眩煬決定自己動手。」

於是，妖魔闖入了本宅的禁庫，奪走了宗家古傳的禁咒錄。

山林裡遠處隱隱有燈火閃動。雖然距離遙遠，但是遲早會追上。

眩煬把宗蜃輕柔地放在地上，以自己的血，在她的身軀與身旁的地面畫下方陣。他的動作很快，但是符文相當複雜，他手上的血很快便乾涸不足。眩煬毫不猶豫，以尖銳的指爪劃開大腿，沾著血繼續畫符。

以血繪成的符文像是有著生命一般，一抽一抽地扭動著，令人感到詭譎而不安。

封平瀾別開了眼。

「他要她活著。他想要將妖的生命轉換給她，讓她成為妖，讓他成為人。這樣一來，她便能活著。」蜃煬輕語，表情複雜，有種無奈的悵然，「不過，最後失敗了。那個咒語之所以會成為禁忌，其中一個原因是它非常不穩定，沒有人能確定施咒之後的結果會是怎樣。」

眼前的場景閃動，像是壞了的電視一般，被黑與白的雜光籠罩。

「剛剛那是怎麼回事？」封平瀾開口。

「施咒過程能量變動得太劇烈，干擾了感官，所以沒有清楚的記憶。」說話的同時，周遭的景象恢復，他們再度回到夜月的山間。

遠方的火光已來到附近，雜沓的腳步聲和喧譁聲近在咫尺。

蜃煬笑了笑，「追兵到了。時間正好。」

封平瀾看向地面。此時，眩煬和宗蜃都消失無蹤，躺在法陣中央的，是蜃煬。

「咦！」封平瀾訝異不已，「這是什麼魔術……」

「眩煬以為自己能透過咒語交換生命，變易軀體，互轉靈魂，但最後卻混在一起。」蜃煬揚起笑容，「然後我就誕生啦！」

他不是宗蜃，也不是眩煬，卻同時也是兩者。擁有兩者的記憶和兩者的思緒，卻融合出了兩者皆非的新人格——蜃煬。

趕來的宗氏子弟將蜃煬團團圍住，將他架上附著囚咒的牢籠裡。

封平瀾注意到人群中有一個渾圓的身影，以驚愕、憐惜卻又惱恨的眼神盯著蜃煬。

「宗蜮？」不，應該說是宗蜮的妖甲，他知道裡面另有空間，「那是宗蜮嗎？」

「是呀。他是宗蜃的堂弟。」蜃煬看著那渾圓的身影輕笑，「真懷念，這時候的他應該是十一歲。小小的，很可愛，總是繞著宗蜃打轉。」

封平瀾看著離去的隊伍，接著望向蜃煬，眼中盡是同情與不捨。

「抱歉……」

「不用同情我，我的苦難已經是過去式，你的苦難則是現在進行式。」蜃煬漾著不懷好意的笑容，「那個讓我成為協會的階下囚，但也引來了你哥。他對這個咒語非常有興趣。」

「為什麼？」

「我已經說過了呀，他想要修復他覺得壞了的東西。」

封平瀾知道問下去也不會得到答案，便閉嘴不再追問。

蜃煬笑著揮手，身邊的場景變回了原本的幽界之空。

「來玩遊戲吧！反正這裡的一切都是虛幻的，我們來玩拷問遊戲如何？宗家對人類和妖魔的軀體有非常深入的了解，因為他們實地拆解過無數死體和活體，你想看看自己的內臟長什麼樣子嗎？」

蜃煬一拍手，空間中出現了一張解剖臺，臺上躺一具蓋著白布的人形。他掀開布，上頭躺著的是全身光裸的封平瀾。

「呃，不必了。」封平瀾瞄了臺上的身體一眼，「嗯，順帶一提，我的本體腿比較長，肌肉也比較結實。」

「最好是。」蜃煬翻白眼。他將白布拉回，布下的人形變動，上下拉長了些。「如果你不喜歡看自己的話，那麼——」他掀開白布，出現在布下的人變成了奎薩爾。

「喔喔喔喔喔！」封平瀾用力鼓掌。「可以讓他起來活動嗎？」

「你是說，站著解剖？」

「不用切，還有，請把他包起來——」呃，怎麼聽起來好像在買雞排。

「滋——」鳴響聲自地底傳來。

封平瀾和蜃煬同時低下頭。

地面下那繞著米色光球的紫色光咒變淡，摻入了另一個顏色。

「怎麼回事？」

「有人來接手我的咒語了。畢竟我仍然被關在雅努斯，不可能時時跟在你身邊維持咒語運作。」說話的同時，他的身影逐漸褪色，變淡。

「你要離開了？」

「我根本就不在這裡呀。」蜃煬輕笑。他看見封平瀾的眼中閃過了惋惜，便伸手拍了拍對方的臉，「會有其他人過來的。」

蜃煬不知道自己為何要這麼做。不懂自己為何要安慰封平瀾。

或許，在潛意識裡，他對這孩子有些許愧疚吧。

但即便愧疚，他也不會停手。

紫色的光流漸漸被粉藍色的光流取代，同時蜃煬的身形變得更淡。

「再見囉！」蜃煬揮了揮手。

「你剛說你什麼都知道。你該不會也知道雪勘皇子在哪裡吧？」封平瀾抓住最後一線機會，開口詢問。

「小皇子在你哥那裡。」蜃煬以帶著憐憫的語氣開口，「他可是小心翼翼地藏著，一有機會就帶在身邊，像是對待親弟弟一般，萬分疼愛著呢。」

「什麼?!」封平瀾不解，但他沒時間細問，「那，我醒來會記得這裡發生的一切嗎？」

「或許會，因為這是你的意識。」蜃煬燦笑，「重點是你得要有機會醒來，哈哈哈……」

混濁的紫光消失，轉為粉藍色的光。起先運轉的速度有些不穩，光流會呈現有如電波的晃動，過了片刻才轉為穩定。

封平瀾蹲在地上，看著光道，猜想著施咒者的身分。

忽地，一雙花俏的靴頭出現在他的視線之內，封平瀾抬頭，看見穿著華麗怪盜服的紳士怪盜正站在他的身邊。

「是你呀？」

「嗨！」岳望舒低頭看了下自己的服裝，欣喜而感動地開口，「哇，是我的戰袍，好久沒穿了，真懷念。」他摸著袖子，拉了拉斗篷，似乎非常珍惜那套服裝。

「你接手了蜃煬的咒語？」

「對，我們離開了雅努斯之後便換我接棒。」岳望舒連忙澄清，「不是我想這麼做的，這是東尉的命令。就是那個滅魔師。」

「那是我哥，靖嵐。」

「什麼？」岳望舒詫異。

「沒想到你竟然是靖嵐的手下。」封平瀾看著一身浮誇打扮的岳望舒，忍不住皺眉，「所以，之前你潛入民宅偷襲單身女子，也是我哥叫你做的嗎……」天啊，拜託不要。這樣他會對靖嵐幻滅。

「那什麼眼神！那個粗暴無禮的滅魔師根本不懂我高雅的浪漫。」岳望舒悻悻然地冷哼，「我被他囚禁，受到脅迫，不得已才幫他做事。我被你們逮捕送往雅努斯之後，就落到他手裡了。」

「所以你沒有越獄？」

「我是被綁架的，蜃煬出賣了我。」想起蜃煬，岳望舒就升起一陣怒氣。

封平瀾看著岳望舒，接著低下頭，望著那流轉的藍色光流。

「看來你應該是很厲害的角色。」

岳望舒聞言，露出得意的笑容，「怎麼，你能感受到我無限的潛力與超凡的魅力嗎？」

「你一定很強。」封平瀾嘆了口氣，「不然像你這樣的變態，靖嵐應該不會想和你合作。」

「你這臭小子！」岳望舒本想辯解，但低著頭的封平瀾忽地繼續開口。

「害你被我哥囚禁了，對不起。」

岳望舒挑眉，撇了撇嘴，「沒差。反正，就算你哥沒有找上門，我也是協會的通緝犯。」他這樣講，希望封平瀾好過一些。

畢竟，封平瀾可是被自己的兄長禁閉，並且下了這樣的咒語，這小子比他更悲慘。

「你知道你哥打算做什麼嗎？」

封平瀾搖頭，「我在昏迷前才知道他和協會有關，是個滅魔師。那你呢？」

「我只知道，那瘋子——嗯，令兄似乎打算幹些大事業。協會已經有一部分被他滲透，他同時為妖魔的皇族和綠獅子效命。過去你和他相處時，沒有察覺到蛛絲馬跡嗎？」

「沒有。」封平瀾苦笑，「我們不常在一起，不是很熟。」

「你是做了什麼，讓你哥這樣對你？」

「我不知道，或許有吧。」根據蜃煬的說法，他似乎真的做過了什麼讓靖嵐非常痛心的事。「但我記不得了。」

「回想看看。」岳望舒認真地建議，「現在我們在你的意識裡，你可以回溯過往的所有記憶。你經歷過的每一分每一秒，感官所接收到的訊息，周遭環境的所有細節，全都記錄在腦子裡，只是你不知道。」

「可是，我真的一點頭緒也沒有，我只記得從我很小的時候開始，靖嵐就那樣對我了。」他實在不理解，那麼小的孩子，到底能犯下什麼讓人記恨十多年的錯誤。

封平瀾的話，讓岳望舒靈光一閃。「我之前在你身上施過逆齡的咒語。那個咒語出了點問題。」

封平瀾回想起自己中了魔咒時發生的事，忍不住莞爾一笑。

「噢，那是因為奎薩爾企圖移除咒語所造成的吧。」

「——你忘了這個。」他想起奎薩爾曾輕撫著他的頭，對他許下了承諾，「我會在，我不會離開。」

或許是在潛意識中的關係，封平瀾發現回憶格外清楚。

「嘿嘿嘿……」

岳望舒挑眉，看著竊笑的封平瀾，「你在想什麼？」

「沒事！」

岳望舒狐疑地盯著封平瀾，繼續開口，「你的契妖雖然讓咒語有所變動，但我說的問題並不是指這個。這個咒語照理說會一直溯返到最初、剛創生的那一刻才停止，但是卻在中途自動瓦解。」

封平瀾回想，似乎是這樣。

他的逆返咒回到了四歲時便解開。他以為是瑟諾和奎薩爾救了他。

「感覺上，就像是記憶結束在那個時間點，所以咒語自動終結。」

「呃，這代表我的記憶力很差嗎？」

岳望舒搖頭，「再怎麼差也不可能完全消失。你的身上有著祕密，或許這是東尉如此對待你的原因。所以你必須回想起來。」

封平瀾想起方才蜃煬向他展現了自己的記憶。他們身處在記憶中，身邊的一切，無論是光線、聲音、氣味、溫度，全都忠實呈現了當時的情景。他試著模仿蜃煬，他用力回想自己的過去，想要營造出一樣的效果，但除了讓周遭的景色變得汙濁扭曲以外，完全沒有其他改變。他對岳望舒投以求助的表情。

岳望舒露出了充滿優越感的笑容，「還是得靠我幫忙吧。」

「是的，請您務必高抬貴手幫助我，紳士怪盜大大。」這人真幼稚……

岳望舒滿意地點點頭，伸出指頭，動作誇張華麗地點向封平瀾的額頭。

「接下來，會以不規則跳躍的方式，溯返你的記憶，回到你幼年以前的時光。」

「呃，應該不會剛好切換到尷尬的場景吧？」比方說某種晨間舒壓，或是夜間探索……

「放心，我比你更不想看到。」

下一刻，場景瞬間變得清晰。

天色是黑的，熟悉的街道和建築出現。

「是曦舫耶！」封平瀾認出環境，「這裡是學生宿舍外頭。」

他看見自己背著大包小包的行李，站在管理室前。

「你認得這是什麼時候嗎？」

「當然，」封平瀾懷念地看著站在彼端的自己，「這是我和奎薩爾他們相遇的前一夜。」

封靖嵐透過通道返回曦舫，接著駕車前往機場。

他停好車，昂首闊步地前往機場大廳。每隔幾步，便拋射出一枚鐵釘到地面的角落，速度之快，動作之輕，無人察覺。當他抵達大廳的同時，也無聲無息地布下了一道偵防結界。

他站在海關外守候，並留意著磔釘的感應。

黎明將至之時，他等待的班機總算抵達。過沒多久，一名少年與紅髮女子踏出海關口。

封靖嵐揚起了溫暖而喜悅的笑靨。

少年左右張望，發現了封靖嵐，便開心地一邊揮手一邊直奔而來。

「嘿！」小兵飛撲向封靖嵐，握住他的手。

封靖嵐拍了拍小兵的肩，「這幾天過得還好嗎？」

「莉紗對我很好，每天都過得很開心。」小兵笑著回答，接著擠眉弄眼，像是在告密似地低語，「不過她的廚藝不太好，有時候會把吐司烤焦。」

「真的？」封靖嵐笑著望向莉紗。

「我可沒讓他吃下失敗品。」莉紗撇清。

「我又沒指責妳。」封靖嵐帶著小兵，前去領行李。

「所以，接下來我可以回紐約了？」趁著小兵走在前方，莉紗對封靖嵐提出疑問。

「不，還不能。妳得留下，當我不在的時候繼續照顧他。」

「噢……」

封靖嵐看向莉紗，「妳不喜歡他？」

「小兵是個好孩子，沒理由不喜歡。」莉紗淡然回應。

「那麼，是不想待在我身邊囉？」

莉紗沒回應，算是默認。

「妳的話不多，而且非常識時務，並且懂得避開危險的東西。對於這點，我非常欣賞。」封靖嵐微笑，「不過，偶爾多一點話無所謂。這一切再過不久就會結束了。」

莉紗看向封靖嵐，不解，但是她非常識相地閉嘴不多問。

封靖嵐勾起滿意的笑容。

他領著莉紗和小兵返回停車場，等兩人都上車之後才坐入駕駛座。

踏入車門前，他往地面射出一根白色的礫釘。瞬間，先前所布下的暗釘全數出鏽、崩碎，只留下細小的鑿洞。

幾小時後，三人返回市郊的老舊公寓，進入了位在中央樓層的住房。

公寓外表老舊，但是屋裡的裝潢擺設非常完備舒適，看起來就是個平凡普通的住宅。

「好久沒回來了。」小兵躺入沙發，抓起擱在上頭的大象造形抱枕，打開電視，「好懷念喔。」

莉紗好奇地打量著屋子，猜測著屋主的身分。

「這是我家。」封靖嵐主動開口解釋，「正確來說，是我和小兵以前居住的地方。」

「噢，好的。」

「莉紗是第一個進屋的女生喔！」小兵曖昧地笑著，「我們有客房，不過東尉房間的床也很大。」語畢，笑著跑向廁所。

這讓莉紗有點尷尬，也略微不安。

東尉讓她深入自己的生活裡，是代表信任，還是代表她馬上就沒有利用價值？

「我不在的時候，妳負責照顧小兵的起居。基本上和在墨爾本時一樣，但是盡量不要讓他離開這棟屋子。」

「好的，我明白。還有什麼要留意的？」

「不准上樓。無論發生了什麼事，不准到頂樓去。」封靖嵐微笑，「我對妳有信心。」

「我明白了。」她聽得出來東尉在警告他。這是死規，觸犯者必死的誡命。「只有我照顧他嗎？會有其他人來嗎？」

「基本上這裡只會有我們三人，瓦爾各偶爾會過來，他若過來我會事先通知妳。」

封靖嵐看了下表，「我得走了，這裡就交給妳了。」

當封靖嵐正要轉身離去時，莉紗忽地開口，「那個……」

封靖嵐停下腳步，轉頭，「還有什麼問題？」

莉紗遲疑了片刻，「……需要幫你準備午餐或晚餐嗎？」

封靖嵐挑眉，笑出聲，「不必。」

當他二度準備離開時，小兵正好返回客廳。

「你又要走了嗎？」小兵跑向靖嵐，握住對方的手，不捨地詢問。

「只是離開一會兒，處理些事。」封靖嵐柔聲安撫。

他要去的是曦舫附近半山腰上的洋樓。他把清原謙行安置在那裡，讓瓦爾各留守，他得前去巡視下情況。

小兵緊握著封靖嵐的手，不肯放開。

「我很快就會回來的。」

小兵抬起頭，不安地問道，「……你是要去……那間屋子嗎……」

「……是的。」

小兵咬了咬嘴唇，猶豫掙扎了片刻，最後鼓起勇氣。

「可以帶我去嗎？我也想看看那裡……」

封靖嵐微微詫異。「你確定？那裡有不好的回憶……」

小兵深吸一口氣，堅定地回覆，「但那已經是過去了，我想去看看……如果真的快結束的話，我想要看那裡最後一眼……那是我必須面對的。」他低下頭，「畢竟，這一切的開端，都是我的錯……」

「那從來都不是你的錯。」封靖嵐憐愛地拍了拍小兵的頭，「我可以帶你去，你確定你準備好了？」

小兵停頓了片刻，用力地點頭。

「那就走吧。」封靖嵐笑著牽起小兵的手，「這一次，我會看好你，保護你。」

市中心，高級休閒會館。

當索法和百嘹返回住房時，只有瑟諾到場。

索法才踏進屋中，便差點被成堆的空酒瓶絆倒。不只如此，他還發現，垃圾桶已經爆滿，被數以百計的牛奶盒、冰淇淋盒給淹沒。

希茉、冬犽和璁瓏排成一列，坐在沙發上，心情沉悶地藉酒澆愁、藉奶澆愁、藉冰澆愁。

房間的另一端，墨里斯坐在地上，背靠著牆，腳邊散落了好幾個握力訓練器和臂力訓練棒，全都壞了。

奎薩爾則是坐在窗邊，像座雕像。百嘹記得，當他離開房間時，奎薩爾也是坐在同一個位置，維持著同一個姿勢。

百嘹忍不住在心底淺笑。

原來妖魔們一籌莫展又無處可去時會是這副德性吶……

「這裡是垃圾掩埋場嗎？怎麼有股酸味！」索法皺眉，「瑟諾，我交代過你定期洗澡！」

「別冤枉人，」瑟諾叼著菸，看著電視上的肥皂劇，「那可不是我的臭味，是那些傢伙製造的垃圾發出的味道。」

索法看向冬犽，「你不是最喜歡整理清洗房間嗎？」

冬犽苦笑，「現在沒那個興致。」

百嘹搖了搖頭，「至少洗個澡吧。連瑟諾看起來都比你乾淨……」

「現在那個沒心情。」

「我可沒說要你自己動手。」百嘹微笑。

冬犽沒好氣地瞥了百嘹一眼。

過沒多久，殷肅霜和歌蜜便返回。

「現在情況如何？」墨里斯急切地詢問。

「丹尼爾入獄的消息仍然被封鎖，但是已經有些風聲走漏傳入幾個大家族耳中，但沒有人伸出援手。就連梵納特家族也很消極，比起找尋為丹尼爾翻案的證據，他們更忙著撇清關係。」殷肅霜嘆息。

「學園進行的工程裡，妖魔和召喚師的數量對不上，應該也是敵方的人。」

「三皇子的手下怎麼當起工人來了？」璁瓏不解。

「不只曦舫，全世界的影校都在施工。他們表面上是在整修校舍，但是實際上，被更動的可不只有外牆的磚瓦。」歌蜜張開手掌，手中的晶印在空中投射出白色的立體法陣。法陣在空中旋轉，有幾處出現了明顯的缺口。「這是原本籠罩著學園運作的結界縮影。環繞在空間通道附近的結界被破壞了，控制影校內部咒語運行的結界也被更動。」

「知道原因和變更的結果嗎？」

歌蜜搖頭，「這只是縮影，無法得到太多訊息，不過……」她瞇起眼，盯著法陣裡細如蟻足的符文，「可以看出，是和咒環有關。」

聽到咒環，奎薩爾等人同時低頭望向自己的手腕。

「放心放心，你們的咒環在離開學園之後便不受影響，維持在丹尼爾掌權時的狀態，沒有『更新』。」歌蜜笑呵呵地開口，「不過有點可惜，這樣就無法知道他們打算幹什麼了。」

「校內到處都有監控的咒語，葉珥德和柳浥晨的行動受到監視。他們的住處和店面，包括任何可能的通訊方式，也都被動了手腳。」瑟諾抽了口菸，緩緩說道，「不過，過了昨晚之後，駐守在柳浥晨住家外的人馬少了一些。可能是確認了柳浥晨對丹尼爾的事不知情吧。」

丹尼爾的安排果然是正確的，讓柳浥晨和葉珥德留下，不事先透露任何消息給關係者，才是最安全的做法。

「那，三皇子的追兵呢？」冬犽開口。

「集中在我們誘導過去的城鎮，我在那裡留下了些線索，讓他們以為你們曾在那裡停留過，短時間不會返回這裡。」

「還有，新任的理事長是清原謙行。」瑟諾再次開口，「他的行蹤有點神祕，我看到放學之後，那個名叫瓦爾各的妖魔與他一起行動。我本想繼續追蹤，但是他們的身邊有滅魔師的咒語護著，靠太近會被發現。」

「瓦爾各是他的契妖？」墨里斯問道？

「不是。照丹尼爾之前的推測，清原似乎是站在協會這一方的，只是不曉得為何，現在卻出現在敵方的陣營裡。」

眾妖沉默。

「目前我們無法聯絡柳浥晨那方。如果想要進潛入影校，取得情報，必須靠社團研的學生協助。」殷肅霜開口，「今天晚上，影校課程結束後分開行動，和那些孩子連上線，尋求他們的支援。」

「如果他們不願意呢？」

「那就靠我們自己了。」

接著，索法向歌蜜和瑟諾指示了些任務，妖魔們討論推演了各種的可能性和應變措施。

「還有任何問題？」殷肅霜開口詢問。

「……是否有他的消息？」始終沉默的奎薩爾忽地開口。

殷肅霜搖頭，「沒有你的皇子的消息。」

「是嗎……」

他不再開口。

事實上，他想問的，不是雪勘皇子的下落。

而是另一個人……

Chapter6

大人要求小孩子做的事，有時候沒有什麼道理，只是想讓耳根清淨

山腰上的雪白洋房沐浴在晨光之中，靜謐悄然，宛如長眠於山間的骨骸。

小兵站在洋樓外，打量著這棟屋子，表情沉重。

「要進去嗎？」封靖嵐站在小兵身旁，溫柔地詢問。「你若是覺得不舒服，我們立刻回去。」

小兵深吸了一口氣，「我可以的……」

封靖嵐拍了拍小兵的背，「別太勉強。」

小兵向前一步，正要跨入庭園中時，被封靖嵐拉住手。

「等等，屋子施了咒語，你必須拿著這個……」封靖嵐拿了根古銅色的磔釘，遞給小兵，「再過不久，就不需要這些東西了，你可以自由地出入任何地方。」

小兵微笑著接下磔釘，「我知道，就快了。」

進入屋內，瓦爾各和清原謙行已在客廳等候著。

清原謙行坐在沙發上，喝著咖啡，吃著瓦爾各準備的早餐，看起來相當安穩正常。但仔細觀察便可發現，他的雙目無神，空洞地看著前方，有如機械人偶一般，單調而呆板地進行著手上的動作。

瓦爾各看見東尉帶著一個男孩出現時，略微訝異，但他事先接到對方的電話，被警告不准有多餘的舉動，於是他安靜地起身，對著東尉問候性地點了個頭。

「嗨，早安，你們好！」小兵對著瓦爾各和清原揮手。

瓦爾各看向小兵，又看向東尉，不確定自己是否該回禮。直到看見東尉示意的眼神，才開口，「早安。」

小兵看著坐著默默進食的清原，好奇地偏頭觀察了片刻，

「你……還好嗎？」他指了指清原手中的三明治，「你吃到紙袋了。」小兵將手伸向清原謙行，想要親自指給對方看。

「等等——」瓦爾各連忙提醒。

清原現在接受的指令只有「進食」，他會咬下靠近嘴邊的東西——

封靖嵐的動作快一步，他環住小兵，將對方拉入自己懷裡。

「小心，他現在聽不見，也看不見。」

「這樣呀……」

封靖嵐溫柔地開口，「你會餓嗎？」

「不會！」小兵看了清原手中的三明治一眼，猶豫了一秒，「嗯，其實有一點……不過還忍得住。」

封靖嵐微笑，寵溺地揉了揉小兵的頭，「我就知道。等等買漢堡給你。」

「好耶！」

瓦爾各挑眉。他沒看過這樣的東尉。

這人是誰？

這是在郵輪上一口氣讓上百名妖魔互相殘殺至死的人嗎？這是能笑著以殘酷的手段奪人性命的人嗎？

瓦爾各想起了封平瀾的遭遇，對眼前的少年更加好奇。

這少年是誰？為什麼東尉會如此對待他？他是東尉的親人嗎？

他打量著小兵的外貌，找不到半點和東尉相似之處。他發現少年雖然也有著一頭黑髮，但是在晨光中，隱隱有幾根金絲在閃動。

「咳。」

瓦爾各回神，發現東尉正投以警告的眼神，便收回自己的視線。

「到外頭等我。」東尉冷聲指示。

瓦爾各點頭，伸手移向清原謙行的頸後，低誦了段咒語，清原便停下原本的動作。

「跟我來。」

清原起身，順從地跟在瓦爾各身後離開。

屋裡只剩小兵和封靖嵐兩人。

小兵站在房間中央，看著客廳中的一切。接著，他緩緩地移動腳步，繞著寬敞的客廳走了一圈。

「這裡變了好多喔……」上一次他在這裡時，此處空蕩蕩的，只有六尊雕像。妖魔變成的雕像。

封靖嵐暗哼了聲，「的確。」

小兵走向電視，眼睛一亮。他彎腰，從一旁的矮櫃中撈出遊戲搖桿。

「哇，看來他們的生活過得挺愉快的，感覺不像妖魔呢，哈哈哈。」

封靖嵐走向小兵，拿下搖桿。

「……所以，他和他們在這裡生活了半年？」

「是的。你還要繼續看嗎？」

小兵點點頭。

他繞了一樓的所有廳房，廚房、折衣間、臥室。到處都可以看見原住戶的個性、喜好，以及生活的痕跡。

小兵站在廚房前，看見冰箱上掛了個小黑板。上面的字有些模糊了，但隱約可以看見，原本記著的是採買清單，還有日常的重要提醒。

他打開櫥櫃，裡頭擺放著各式銀器，按照大小、花樣、形狀，整齊地排列，物品間的距離相等，不偏不倚，有如博物館的展示品。

他淺淺莞爾，接著關上櫃門。

「靖嵐。」

「怎麼了？」

「我在想……」

「嗯？」

「他們好像很適應人界的生活。」

「……確實是。」他剛踏入這屋子時也為此訝異。

這些僭行的妖魔，竟然像一般人一樣生活，並且還過得相當多彩多姿。

「或許……他們只是想要在人界安穩地過生活，所以……」

封靖嵐靜靜地等著小兵說出下文。

小兵停頓了許久，才小聲地開口，「所以，或許就這樣……放過他們，可以嗎？」

案。

封靖嵐嘆了口氣，伸手揉了揉小兵的頭，「你太善良了。」他感嘆，但沒有給予答

小兵打量了廚房片刻，「我可以上樓看看嗎？會有危險嗎？」

「我派人搜查過了，樓上沒有什麼危險的咒語和物品。」封靖嵐看了看表，「要我陪你上去嗎？」

「不用，你有事就先去忙吧。我晃一晃馬上回來。」

封靖嵐笑了笑，接著轉身，走向外院與瓦爾各會合。

小兵見封靖嵐離去後，便獨自在屋內探索。

每個房間裡各自有著不同的主題和收藏，每個房間裡都有各自的小祕密。比方說，擺滿名酒和可愛玩偶的房間，櫃子裡收藏了上百本貼著紅色禁字的小說和影片；擺滿健身器材的房間裡，櫃中藏著貓咪造型的抱枕和公仔。

他來到了三樓。三樓有三間房間。他先是經過掛著「海棠」門牌的臥房，開了門，探頭看了看便關上門。

接著，是封平瀾的房間。

他走進去。房裡有些亂，看起來像是被外人徹底地翻查過。

是靖嵐吧……

小兵繞過床邊，看見桌上放了本相冊。他翻了翻，裡頭有在影校活動時的照片，也有六妖的生活照。照片中的人有時專注地做自己的事，有時表情呆滯，像是突然發現自己入鏡了一般。

他猜想拍照的人是封平瀾，所以每一張照片裡都沒有他自己。

封平瀾就像個旁觀者，開心地跟在一旁參與，並記錄每一個歡樂或感動的時刻。雖然身在其中，卻不屬於其中。

小兵放下相簿。

「很快就會回歸正軌的。」他低語，「一切都會歸回原位。」

他走出封平瀾的房間，來到隔壁房。

房裡空蕩蕩的，只有一張床、一張桌、和一座櫥櫃，看起來像是沒人居住的感覺。

小兵走向書桌，接著拉開抽屜。

抽屜裡平穩地端放著一個精緻的木盒。

他將木盒取出，拿到面前端詳，接著打開，伸手輕輕轉動藏在盒子底部的發條。木盒發出了輕脆悅耳的旋律。

小兵靜靜地聽了片刻，接著，猛然闔上。他抬頭望向窗外，看著遠方的天空。

屋裡的妖魔，此刻在哪裡呢？

他希望妖魔們不要出現，不要來招惹封靖嵐，為了他們自身的安全著想。

直到一切終結。

他發呆了片刻，轉回頭把木盒放回原位，抽屜關上，離開房間。

洋樓外，遠處後山。繞著山區盤旋的薄羽飛蟲，乘著氣流平緩飛行，自遠處記錄觀望著白色洋樓。

曦舫學園，教室。

早自習已過，柳浥晨仍未出現。新班導說她身體不適，請假在家休息。

蘇麗綰傳了簡訊前去慰問，收到的回應只有「謝謝關心」四個字。

「不難理解啊。」伊凡一邊在課本上塗鴉，一邊悠哉地回答，「遇到這麼大的打擊，本來就會不想見人。」

「我想去探望她。」

「或許她並不想見我們。」伊凡笑著回答，「況且我們就算過去也不能多說什麼，連學校都受到監控，更何況是她的住處。」

蘇麗綰想多說些什麼說服同伴，但是伊凡言之有理，她無法反駁。只能默默地在心裡祈禱，希望這沉重滯悶的僵局能有所轉變。

當同學們正在學校上學時，柳浥晨並未在家中休養，而是一大早就前往店裡，忙著規畫安排新的促銷活動。

中午剛過，店外便貼出巨幅的宣傳廣告。傍晚時分，粉紅肉球的傳單在街頭巷尾到處發送。

停駐在寵物用品店門外負責監視的人馬，將她的行動全部記錄了下來。

一名協會監察部門的探員，看著手中的傳單，「我以為她會消沉地窩在房裡。」

「以她的個性，更像是會利用工作來分散注力的人。」另一名探員將傳單隨手丟入垃圾桶中，「梵納特家的小姐，竟然落到這種地步。」

「向上頭呈報再撤除一隊人馬吧。就算她之前與丹尼爾關係密切，現在的她是不可能有什麼作為的。」

封平瀾和岳望舒跟著記憶中的自己，走在前往洋樓的路上。

「這是我和奎薩爾相遇的那天！」封平瀾興奮不已地看著另一個自己，「我要把那感人的一刻錄下來！就像父母錄下嬰兒誕生的那一刻一樣！」

「你又帶不出去。」岳望舒吐槽，「所以，你和你的契妖這時候才相遇？你們原本沒有立契？」

「對啊，我本來就不是召喚師。」

「那你和你哥一樣，有滅魔師的天分囉？」

「沒有。我只是一般學生。」

岳望舒覺得一陣暈眩。

「所以，我那時是栽在一個什麼都不懂的外行人手上？」太羞恥了……

「噢，等等，我不是一般學生。」

「喔？」岳望舒眼睛燃起希望。

「我是特晉生，入學測驗全科滿分。這樣你有好過一些嗎？」

「並沒有……」岳望舒無奈地嘆了口氣，看向封平瀾，「你的祕密可真多。」

「歡迎來到平瀾的祕密花園哈哈哈——啊，安靜安靜，我走到洋樓外了！」封平瀾用力噓聲，同時指向前方。

記憶中的封平瀾，邊走邊吃，獨自爬上暗夜中的山，穿過路燈稀疏的山路，來到矗立在半山腰的樓房前。他停下腳步，喘了口氣，沿著外牆，緩緩走向前門。

岳望舒看著洋樓外側，到處貼滿了符咒和警示威嚇的文字。但回憶中的封平瀾視若無睹，輕快地走入屋裡。他發現，對方的笑容裡，有著期待，有著超然，以及一絲絲報復的快感。

兩人進到屋中，跟隨著記憶在屋中探索。回憶中的封平瀾拿起了一張畫，畫像中有奎薩爾等六名契妖，還有一個面目模糊的人。

「啊，這張畫我記得。」他本來想找來收藏，但是翻遍了屋子也沒找到。他詢問冬犽，冬犽卻對那張畫沒有印象。

「這是滅魔師的咒語。」岳望舒盯著封平瀾手中的畫，「看起來是畫像，但實際上是一種紀錄，標示著屋裡所封印的妖魔。妖魔的封印若是被滅魔師以外的人破除，便可以利用畫像追縱到妖魔的下落。如果是滅魔師親自解開的話，那畫便會消失。」

「可是，解開封印的是我耶。」

「你和你哥有直系血緣關係，所以效果一樣。」

「這樣啊……」封平瀾看著畫中的人，「中間那個人為什麼面貌模糊？」這個人，應該就是雪勘吧？

「代表封印進行到一半被打斷，封印失敗。那個妖魔沒有被封印在屋子裡。」

「所以是逃走了？」

「不一定。」岳望舒聳肩，「也有可能是死了。不得不說，你哥是個厲害的狠角色。他對付敵人的手段相當凶殘俐落。」

封平瀾抽了抽嘴角，「呃，謝謝喔……」

四圍的影像有如水波一般晃動，接著像是快轉的影片一般，迅速流逝。

當光影停止變動時，兩人已來到了另一個記憶的時空裡。

時間是傍晚時分，夕陽西下。岳望舒和封平瀾站在河堤邊。

「這是哪裡？」

「應該是我老家附近的河堤……」封平瀾左右張望，想要確認時間點。

忽地，刺耳的引擎聲，夾帶著喧譁的笑鬧聲從遠方傳來。

封平瀾臉色驟變，轉為慘綠，「噢，天啊，不！」他認出這段回憶是什麼時候了！

「怎麼了？」

「這是國二，放春假的前一天放學時間。」封平瀾雙手抓頭，用力地原地踩跳，

「啊啊啊！快停止啊！快轉快轉！跳過這段——」

「這是沒辦法控制的。」

岳望舒好奇地望向聲源。只見前方遠處左右各有一群騎著機車的少年，呼嘯著駛過，其中幾輛騎士甚至自以為酷炫地壓車，硬是拐了個大彎才停下。

其中一個騎士便是封平瀾。

封平瀾穿著帶刺繡的黑色夾克，頭髮比現在長一些，大片的斜瀏海橫過整張臉，看起來異常地平板堅硬，頭頂上挑染著金紅二色，頭髮以定型液抓成一束一束的。

「那是……你？」

「啊啊啊！不要看！快停止啊啊——」來人！快把這段黑歷史刪掉啊！

封平瀾手遮著臉，在地上左右翻滾。

「冷靜點，這裡沒有其他人在。我只存在於你的意識中，現實中的我不會知道這裡發生的事。」岳望舒連忙安撫。

他可以了解這種感受。當他好不容易邀請到家裡的女生，發現他在中學時寫的詩集時，他希望自己當下就腦中風，這樣就不用面對那令人羞恥至極的處境。

「就算是只有我自己面對這段黑歷史也超丟臉的啊！」

「忍著點吧。」岳望舒拍了拍封平瀾，「這都過去了，沒什麼好丟臉的。」

封平瀾趴在地上，發出一陣長長的呻吟，接著不甘願地站起。

兩方人馬下車，領頭的人雙手環胸，運動褲褲管一邊捲起，露出刺青，以凶狠的表情對視著彼此。

封平瀾站在一旁，單手插在口袋，腳踩三七步，看起來痞到極點。

「我們井水不犯河水，今天你放那些話是什麼意思？」封平瀾這一方的領頭者，仰著頭，傲視著對方提問。

「沒什麼意思，」另一方的領頭少年一樣仰著頭回話，他舉起夾著菸的手，指向封平瀾，「你們右護法動了我們的人，我比較想知道他是什麼意思。」

岳望舒挑眉，「右護法？」

封平瀾低下頭，「是我啦……」

岳望舒忍不住噴笑出聲，趕緊以咳嗽掩飾。

國中時代的封平瀾勾起嘴角，向前一步，同樣仰起頭，高傲地開口。「你們的副幫主山豬之前在我們的地盤搞事，對一般民眾出手。這違反了規矩，也會拖累其他兄弟。」

「……你真的很屁。」岳望舒忍不住感嘆。

「啊呀，年輕人本來就比較衝動……」封平瀾不好意思地抓了抓頭。

接下來，兩方人馬互嗆了一番，不知道是誰先開始，總之兩群人打了起來，過沒多久警察便來了。所有的人都被押到警局。

幾小時後，接到通知的封靖嵐，出現在警局裡。

看到封靖嵐，岳望舒和封平瀾兩個人都沉默了，以複雜的眼神盯著封靖嵐的一舉一動。

封靖嵐面對警察時相當配合，態度非常客氣。看見封平瀾時什麼也沒說，不像其他到場的家長場歇斯底里地痛斥責罵。

封靖嵐只是看著自己的弟弟，淡然地開口，「你可以回家了。我還有事要忙。」說完便逕自離開。

國中時的封平瀾想要追上哥哥，但是才跑到門口，封靖嵐早已不見蹤影。

「真的是超恥的黑歷史。」封平瀾笑著開口，「我現在才發現，那時候幫裡的大家都喜歡仰著頭說話，看起來好像求偶中的公牛喔，哈哈哈哈哈！」

「……會不會是你太叛逆了，你哥才會對你那麼冷漠？」

封平瀾停住笑，「你弄錯因果關係了……」

他是為了引起靖嵐注意，才故意表現叛逆的。

他發現，當個順從的乖孩子，封靖嵐不會理他，所以他決定另闢蹊徑。他想看看那總是掛著虛假淺笑的靖嵐，是否會對他露出其他的表情。他想知道，靖嵐是否在意他這個弟弟的未來。

結果是一樣的。

四周環境再次變動，記憶反轉。

出現的封平瀾更小了些。他在哭，待在空無一人的房子裡哭。

岳望舒本想詢問封平瀾發生了什麼事，不過，屋子的大門忽地開啟，一個中年女子走進屋裡。岳望舒挑眉，緊盯著那名婦女的一舉一動。

她無視哭泣中的封平瀾，逕自前往廚房準備餐點，然後走向封平瀾的房間，翻出聯絡本，簽名，隨即離開。

「那個女人是誰？」

「她是靖嵐找來照顧我的親戚，好像是遠房的嬸婆還是姑媽之類的。」封平瀾看著坐在原地哭泣的自己，勾起了苦笑。「我們沒什麼互動，她很少講話，有時候答非所問。」

畫面再次變動。

接下來的場景都一樣，全都是在封平瀾的老家。每一次變動，屋裡的封平瀾就更小了一些。但每一次變動，封平瀾都在哭。嚎啕大哭，或是悶不吭聲地流淚。

岳望舒發現，這屋子裡很少有其他人出沒。封平瀾的父母只出現過一、兩次，便不再現身。

變動再度停止，這次封靖嵐也在場。

封平瀾看起來大約六、七歲大。他站在牆邊，小小的手掬捧著一抔清水。

「端著這些水。」封靖嵐輕聲交代，「不要讓水灑出來。」

「好。」小封平瀾認真地盯著掌中的水，緊緊併攏手指。

「如果水灑出來了，就再去裝，然後回來這裡。」

「好。我知道了。」小封平瀾用力地回答。

封靖嵐冷笑了聲，轉身，走向自己的房間。

「等等我。」小封平瀾連忙啟步，想要追上自己的兄長。但他踏出沒幾步，手中的水便全灑在地。

他只好折返去裝水，回到原位，然後重新開始。

岳望舒看著重複著同樣動作的小封平瀾，心裡產生了莫名的不忍。但身旁的封平瀾卻笑著開口，「我小時候很可愛對不對！幼稚園同班的女生稱讚過我，說我比巧克力包裝上的外國小男孩還要帥。哼哼哼！」

「是挺可愛的。」岳望舒順著封平瀾的話開口。

封平瀾看著幼小的自己。

這是靖嵐哥第一次交代他做的事。

那時候的他覺得，掌中的水就像靖嵐和他的關係，如果灑出越多，靖嵐就越不信任他，對他越冷漠。如果能維持滿滿的水位，靖嵐就會對他刮目相看，並且信任他，然後他們的關係就會變好。

但他錯了。

過了好久，試了好多次之後，他才會發現，不讓水灑出來最好的方法，就是站在原地。

又過了好久，他才會明白，這舉動的意義——

站在原地，離我越遠越好。

夜幕低垂。

豪華會館的天臺，十道人影駐立夜色之中。

「再過二十分鐘，便是影校的下課時間。」殷肅霜開口，「等會兒分五路行動。四組人各自與學生接觸，剩下一組人留守，鞏固結界。」

「什麼結界？」墨里斯好奇。

「這個。」歌蜜踏了踏地，擱於四角的晶印投射出白色蕾絲一般的華麗符紋，「這個結界能讓把你們所施展的咒語和妖氣引回此地，導入晶石之中。讓人無法追蹤或偵查到你們的行蹤，基本上你們等於是隱形的。」

「這麼厲害？」

「當然，人家可不光只有驚天動地的美貌而已呢。」歌蜜發出銀鈴般的笑聲，「不過，這個法陣非常耗妖力，至少要兩個人一起支撐才能穩定運轉。」她看向奎薩爾，「幫個忙如何，校醫大人？」

「可以。」

索法念了聲咒，背後的黑翼張開。他振翅，四枚有著黑緞般亮澤的羽毛射出，百嘹、璁瓏、希茉和墨里斯各自接下了一根羽毛。

「噢，對了。」歌蜜從口袋裡拿出一個布袋，從中取出了一顆水晶印章，「大家，手伸出來。有咒環的那一隻。」

六名契妖伸出手，歌蜜把印章一一蓋向對方的手背。

契妖們的手背上浮現了一道銀色印記，同時手腕亮起了一道金色的光圈。光圈像是融化的冰一般，流過肌膚，滴到地面，消失。

當金環消失的那一刻，六名契妖感覺到，自己身上彷彿有層看不見的薄膜被撕下。

「雖然對你們的限制已經降到最低，但是解開咒環應該更輕鬆吧！」

「少了咒環，我們再也無法限制你們。」索法挖苦地笑道，「想要和我們拆伙的話，這是最好的時機。」

「別開玩笑了。」百嘹笑著回答，「我還沒去這裡的雙人浴池玩過呢，對吧？」他看向冬犽。

殷肅霜輕咳了一聲，拉回眾人的注意。

「行動時間預計半個小時。」他深吸了一口氣，「注意，我們僅是徵詢他們的意見，絕不勉強。決定權在那些孩子的手中……」

市中心的高級旅舍外颳起了一陣輕風，捲起水霧，構築成一道幻幕。幻幕蒙蔽了往來的人群以及監視設備，讓施咒者暢行無阻地直入客房區。

雙人房內，海棠趴在床上，百般無聊地切換著電視頻道。

忽地，房門傳來叩擊聲。

「誰啊！」海棠對著門外大喊。

「客房服務。」

「我沒叫客房服務啊！」海棠不耐煩地嘖了聲，「曇華，妳去打發他們走。」

「是的，少爺。」曇華走向房門，開啟，隨即詫異地看著來訪者。

站在門外的是冬犽和璁瓏。

「晚安，好久不見。」冬犽溫柔地問候。

離曦舫不遠的住宅大廈。

蘇麗綰正坐在桌前，心不在焉地寫著作業。

「啾啾。」

悅耳的鳥鳴聲自窗邊傳來，她抬頭，看見一隻翠鳥和一隻黑灰色的鳥，並排站在窗臺上，盯著她。

她遲疑了一秒，將窗戶打開。

兩隻鳥兒飛入屋中，落地時幻化成兩個人影。

「班導?!希茉?!」蘇麗綰詫異。

「時間不多，有件事想請妳幫忙……」

金色的光霧沿著宿舍的窗縫，一點一點地滲入房中。

房裡，躺在懶骨頭沙發上的伊凡感覺到異常，他張望了房間一陣，接著將視線移向了窗邊。

他起身，將長度及地的窗簾掀開。

簾後站著百嘹和索法。

「跑到別人寢室幽會真是好興致呀。」伊凡看向索法，挑眉，「這不是管理員嗎？你是來還我被沒收的違禁品嗎？」

「我早就轉賣掉了。」索法冷哼。

伊格爾看見房中出現兩個不速之客，露出了詫異的表情，「封平瀾呢？他還好嗎？」

伊凡挑眉，「你想到的第一個問題是這個？」

「我們就是來和你討論有關他的事。」百嘹淺笑，看向伊凡，像趕狗一樣揮了揮手，「去旁邊玩你的違禁品，這次不用擔心被沒收了。」

「我也要聽！不准排擠我！」

瑟諾和墨里斯在潛入宗蜮所住的公寓時，遇到了些小波折。

宗蜮在他的住處設下了嚴密的防衛咒語。墨里斯和瑟諾原本打算利用火與煙，一面在防衛結界上灼燒出入口，一面掩飾結界受到侵襲破壞的痕跡，但是不小心失控，結界整個解除。雖然沒有觸動警報，但是結界在解除前與妖火產生作用，瞬間爆燃。幸好瑟諾即時施咒撲滅。

「你們在做什麼……」宗蜮冷眼看著入侵的兩人。

他本已啟動妖甲，準備痛宰入侵者，但當他看見墨里斯和瑟諾正手忙腳亂地站在客廳，忙著把燃燒中的沙發滅火時，他以為自己在做夢。

「抱歉，我們只是想和你坐下來聊聊天……」瑟諾叼著菸，悠哉地開口，他低頭看了化為焦炭的沙發一眼，「或者，站著聊也可以。」

宗蜮沉著臉，聽著墨里斯和瑟諾陳述，過程中不發一語。

「如果願意協助我們的話，就在這根羽毛末端滴上一滴自己的血。」墨里斯將黑色羽毛遞給宗蜮，「你有七小時考慮，之後羽毛會崩化消失。」

「還有什麼問題嗎？」

宗蜮看著羽毛，「所以，蜃煬不是你們這邊的人？」

瑟諾和墨里斯互看了一眼，搖了搖頭，「不，他不是。他只是負責安排任務給你們而已。」

宗蜮咬牙，「我知道了……」

瑟諾和墨里斯離開後，宗蜮啟動妖甲，將之羽化。

腫脹的身軀以夜色為掩護，在空中高速飛行，像隻巨大的飛蛾，以妖力為動力，穿過數座城市，來到遠方郊區。

雅努斯殯儀館晦暗的招牌出現眼前。

蜃煬坐在辦公桌前，百般無聊地處理著封靖嵐交代的事。

為了不讓協會起疑，他必須偽造好多文書和檔案，調度好多資料，才能維持現狀的穩定和平靜。

「真希望能直接撕破臉，直接開打。」他喃喃自語，「東尉這傢伙被惹毛的話，什麼事都做得出來，到時候一定很精彩……」

腳步聲自樓梯間響起，蜃煬抬起頭。

「是你？」沒料到出現的人會是宗蜮，他欣喜不已，熱絡地笑著起身，「你怎麼來了？只有你自己嗎？要不要喝飲料？我有全口味的氣泡果汁喔！」

宗蜮並不領情，他將背包砸向桌面，拉開拉鍊，將裡頭的物品扔向蜃煬。

蜃煬接住，發現那是自己做給封靖嵐的人偶、那個老女人的頭。

「啊呀呀，你怎麼把她的頭切下來了？這個我做了好久呢……」

「為什麼這個會出現在封平瀾家?!」宗蜮質問，「你到底在幹什麼?!」

蜃煬笑著拋接把玩著人頭，「這是我幫一個朋友做的。他懶得和他弟弟往來，所以叫我幫他做個娃娃，充當他弟的監護人。」他大笑，看著手中的婦人臉孔，「他來訂做一個中年婦女的娃娃時，我還以為這傢伙是個口味獨特的變態呢，哈哈哈哈哈！不過，他確實是變態，另一種意義上的變態。」

「是封平瀾的哥哥？」宗蜮想起方才瑟諾所說的話，「那個背叛協會的滅魔師？」

「唷，你似乎知道很多事呢。」蜃煬讚許地點點頭，「是的，就是他。」

「你是站在他那邊的？你也背叛了協會？」

蜃煬將人頭扔到一旁，撐著頭，身子向前傾，靠近宗蜮，輕聲詢問，「你告訴我，我有什麼理由不背叛協會呢？」

宗蜮沉重地低語，「你會害了你自己……」

蜃煬眼睛一亮，開心地笑道，「小蜮這麼關心我，我好高興。」

「我沒有關心你！你不是宗蜃！」

「那麼，你為什麼要過來呢？」

宗蜮語塞。

「小蜮關心我，我很開心，但是看到小蜮變笨，我有點心痛。」蜃煬感慨地搖了搖頭，「現在你知道了我是封靖嵐那邊的人，你要怎麼離開呢？」

宗蜮警戒地退後了一步。

他沒考慮那麼多，他只掛心著蜃煬的行動和目的，並未考慮到自己在發現真相之後會有什麼樣的危險。

蜃煬看著宗蜮，嘆了口氣，苦笑，「放心，我不會對你怎麼樣。」他伸出手，搭上宗蜮的手臂，「你是我最重要的堂弟，小蜮，我很喜歡你。就像以往一樣。」

宗蜮拍開蜃煬的手。

「為什麼要這樣？」他沉痛地質問，「你一直是我的憧憬，我最崇拜、最喜歡的人。為什麼你總是犯下無法挽回的錯誤？」

蜃煬勾起了笑容，笑裡帶著幾分至死不悔的執著和戀慕。

「不管是宗蜃還是眩煬，都會為了深愛的事物，付出一切。」

當深愛的事物不存在時，便淪為瘋狂。

所以，一旦機會出現，他就決定，要讓這令人絕望的世界陷入和他一樣的混亂和瘋狂。他要坐在特等席，觀望著舞臺上所有角色，落到和他一樣的下場。

「……即便如此，你仍然有一半是她。」

宗蜮的視線望向長桌的角落。那裡放著一個馬克杯，杯身上全是裂痕，看得出是破碎之後又再度拼回。

那個杯子是他送給宗蜃的禮物，是一組對杯。其中一個杯子在他的房間裡。自從宗蜃消失後，他便將杯子收藏在櫥櫃深處，不再使用，卻始終未丟棄。

那杯子就像宗蜃，放在宗蜮看不見的地方，彷彿消失了，但是他很清楚地知道她仍然存在著。

「你真的很單純。」蜃煬笑了笑，坐起身，回復以往語帶譏諷的口吻說道，「我建議你不要去上課，不要再當召喚師了。找個地方躲起來，去做自己喜歡的事吧。封靖嵐那傢伙很厲害，就連綠獅子和三皇子都無法掌控他，協會根本無法與他為敵。」

「辦不到！」宗蜮深吸一口氣，宣誓一般地開口，「上一次我無法阻止你，這一次我不會再讓悲劇發生。」

蜃煬笑了笑，「我拭目以待囉。」

宗蜮離去後，蜃煬悠哉地滑動椅子，回到原位。

他本想繼續工作，但是眼角餘光裡，有某樣東西吸引了他的注意。

蜃煬轉過身，詫然挑眉。

放在桌子一角的巨幅拼圖，因宗蜮方才的來訪，被弄得凌亂不堪。

布局變得散亂，無論是天使或是惡魔，全都破碎得看不出原貌，沒有一方版圖領先，也沒有一方版圖落後。

Chapter7

那些美好的、歡樂的、感動的夢，是最糟糕的惡夢，因爲醒來的那一刻便會發現，眞實的自己仍然一無所有

妖魔們在夜間潛行，偶爾與巡行的妖魔或召喚師擦身而過，但沒有人留意到他們。分散於不同路線的妖魔們，在返回時經過了洋樓所在的山前，紛紛駐足。

白色的洋樓在夜裡亮起了一盞燈，由於距離太遠，看不出是哪一層樓、哪一個房間所點亮，也看不見屋裡的人是誰。

看著房子，腦裡浮現了過往在裡頭生活的時光。他們在那裡待了十二年，但是出現在腦中的卻全是過去半年的光景。

那屋子原本看起來是那麼死氣沉沉嗎？感覺和陰森詭譎的雅努斯殯儀館沒什麼兩樣。

「可以過去看看嗎……」璁瓏開口。「燈是亮著的，封平瀾說不定在那裡面。」

「說不定滅魔師也在裡面。」冬犽看著屋子，嘆道，「歌蜜說這整座山都被滅魔師設下結界，連她的使魔也只能在遠空中迴旋觀望。我們最好別打草驚蛇，以免節外生枝。」

「好吧……」璁瓏低下頭，「開戰之後，如果我們殺了那滅魔師，封平瀾會恨我們嗎？」

「只要滅魔師交出雪勘皇子，我們再依雪勘皇子的指示行事。」

比起被憎恨，他更害怕封平瀾不恨、不責怪任何人，再一次地把悲傷和痛苦獨自咽下。那樣的平瀾讓人心疼不已，比受到報復和攻擊更令他無法忍受。

眾妖返回豪華的庇護所。

「還有四個小時。」百嘹看著時鐘，自嘲一笑，「四小時之後，就可以知道誰感染封平瀾的笨蛋病毒了。猜猜看誰會是第一個？」

「說不定根本沒人來。」墨里斯冷哼。

「那個，麗綰應該會來。她很溫柔，一直關心我們的情況……」希茉怯怯地開口，「她還問我們班長的消息，她說班長昨天沒去上課，請了一星期的假。我告訴她我們也無法和班長聯繫……」

「大概是打擊太大，無法面對現實。」璁瓏推測，「畢竟自己的親人入了監獄。」

百嘹對璁瓏的推測不以為然。「未必是如此。」他印象中的柳浥晨，可不是走這種脆弱路線的嬌柔少女。

「不要以為你了解所有的雌性生物。」墨里斯嗤聲。

「當然，事實上，我對雄性生物更加了解。」百嘹謙虛一笑，接著繼續開口，「她請假在家做什麼？」

「據偵查使魔回傳的情報看來，柳浥晨非常認真地幫寵物店安排促銷活動。」殷肅霜回答，「或許這是她紓解壓力的作法。」他們只能揣測，無法確認實情。畢竟，柳浥晨的周遭可是被協會的人馬環伺著。

百嘹沉思了片刻，「你有拿傳單嗎？」

「沒有，但店家官網應該會有消息。」

百嘹打開手機，連上線。甫登入粉紅肉球的官網頁面，立刻跳出巨大的促銷廣告視窗。

廣告的版面做得非常醜，風格詭異、配色糟糕，一看就是品味很差的外行人所設計。

一堆卡通動物與人物的圖案散布在背景裡，不斷地閃動。雜亂而重複的小插圖裡，有幾個圖樣出現的頻率最高。

百嘹注意到了那些圖，挑眉，莞爾。

雪貂追著蜜蜂遊玩；牛奶瓶裡裝了一隻藍色小魚；啤酒罐上站著一隻有著藍眼的紅色小鳥；巨大的黑貓瞪大眼，緊盯著躺在紙盒裡睡覺的幼貓們……

還有一個黑髮的小男孩，手中捧了隻黑色的飛蜥，蜥蜴的身旁畫著電流的圖樣。

有意思……

「她在試著和我們聯絡。」百喙開口，指向背景中的圖案，「這是我們。」

眾人聚向前，看著螢幕中的圖樣。

「為什麼我是這麼寒酸的魚？至少畫隻劍魚吧！」璁瓏不滿。

「那不是重點。」百喙滑動頁面，「還有，看看她推出的促銷商品。」

寵物用清潔劑、幼貓奶粉、酒精、潔牙餅乾、糖果造型貓草玩具，消費便有機會獲得免費寵物醫療健檢——全是和六名契妖相關的東西。

「看來你教出了個有出息的學生。」索法對著殷肅霜讚賞，接著看向百喙，調侃，「而你，則是比她的班導更加明白她的想法呢。」

百喙客氣一笑，「雖然這樣講對班長非常冒犯失禮，近乎人身攻擊，但我不得不說，那傢伙根本是披著人類女高中生外皮的墨里斯。所以不難猜測。」

「他媽的你冒犯到的是我！」墨里斯怒吼。

「會不會是巧合？」璁瓏仍然懷疑，「她和葉珥德被協會嚴密監控，葉珥德根本無法向她透露任何形勢或真相。這樣的情況下，她真的會想和我們聯繫？」

「等營業時間打個電話去問問不就知道了？」百喙看了下時鐘，「我們還可以稍微小憩一會兒。」接著，他轉頭望向冬犽，淺笑建議，「溫泉湯屋是二十四小時營業，那裡設備不錯，我可以教你水療按摩池的創意用途。」

「得意什麼，還不是我教你的……」正在一旁倒紅茶的索法嗤笑吐槽，忽地，他的表情一斂，彷彿感受到了什麼。

「怎麼，閃到腰了？」百嘹訕笑，「還是笑得太用力，不小心失禁了呢？」

索法瞪了百嘹一眼，「有人發動妖羽了。」

希茉和殷肅霜離開後，蘇麗綰幾乎是毫不遲疑，抽起桌上的小刀，劃開指尖，準備在羽翎上滴下鮮血。

但是，握著小刀的手還沒收回，便被從旁揪住。

蘇麗綰轉頭，只見終紘以冷漠而惱怒的眼神瞪著她。

「放下。」終紘冷冷下令，同時，看向放在桌上的黑羽。

蘇麗綰察覺到終紘的意圖，伸出另一隻手，搶下羽毛，放到身後。

「平瀾他們遇到了困難，所以我——」

「我知道，我聽到了你們的談話。」終紘眼神凜冽，「我以為妳了解事情的嚴重性，知道分寸，但妳卻如此魯莽愚蠢。」

蘇麗綰看著終紘，認真地開口，「我必須去，平瀾和社團研的大家對我很好，我想幫助他們。」

「妳覺得他們是朋友？」終紘反問，「封平瀾騙了妳，他根本不是召喚師。」

蘇麗綰咬牙，「班導說，平瀾有他的苦衷，他不是有意隱瞞。」

「他如果不謊稱自己的身分，根本不會進入影校，和你們成為同伴。妳和那群人的友情，根本建立在謊言之上。」

「就、就算如此……」蘇麗綰努力地反駁，企圖說服終紘，「協會被綠獅子給滲透，這樣的情勢對所有的召喚師都不利，我知道了真相就不能坐視不理……」

終紘發出了聲不耐煩的嘆息，「偉大的情操和宏遠的理想必須要有對等的實力，否則只是痴人說夢。」

「……什麼意思？」

「妳打算做的事，與妳的實力不配。那些妖魔若非山窮水盡，不會來找妳。」終紘冷酷地點出事實，「況且妳的加入未必對他們有益處。既然去與不去都發揮不了作用，沒必要去蹚這渾水。」

他看見蘇麗綰的眼中閃過受傷的神色，他的心微微地抽了一下。但他必須如此。他知道蘇麗綰的斤兩，他必須阻止自己的契約者因衝動而朝著死亡之路直奔。

這是他的責任。

蘇麗綰低下頭，看似被說服、被勸退。但是她手中仍緊握著妖羽，並未放開。

「就算如此，我還是想去……」蘇麗綰看著終絃，「我不能對我的朋友見死不救。」

「和那些人在一起久了，妳變得越來越魯莽愚昧。」終絃深吸了口氣，以警告的口吻威嚇，「我不會允許自己的契約者自尋死路，我不想因此蒙羞。」

蘇麗綰無奈地嘆了口氣，「我的資質平庸，腦子遲鈍，口才也笨拙，根本不可能說得過你。」

「有自知之明是好事。」終絃的語氣變得緩和，暗暗地鬆了口氣。

當他以為蘇麗綰決定放棄時，對方卻忽地拿出手鏡。她打開鏡子，啟動咒語，下一刻，兩個人便身處鏡中結界。

蘇麗綰召出紅繩，柔軟的繩線在空中織成網羅，有如鋼骨一般堅硬筆直。

「所以，我只好用武力讓你妥協。」蘇麗綰甩繩，數道繩索在終絃身旁豎起，「我是你的契約者，主導權在我的手上。而你，必須服從我！」

終絃臉色一沉。他感到非常憤怒，不只是因為蘇麗綰的固執，而是——

他沒料到蘇麗綰會為了外人與他兵戎相向。

「很好。」終絃冷笑，「我會讓妳再次確認，妳沒那個能耐。」

伊凡躺在懶骨頭上，蹺著腳，悠哉地打量著那根有如黑緞的羽毛。

「沒想到管理員竟然是前代皇子，」他笑著揮了揮羽毛，看著上頭的細絨閃爍著點點的星光，「真是越來越精彩了吶。」

「伊凡……」

「可惜，那不關我們的事。」伊凡將羽毛舉起，丟到一旁。

「平瀾是我們的同伴。」

「不不不，不對。」伊凡伸出指頭，搖了搖，「他不是召喚師，只是一般人類，不算是同伴。」

伊格爾露出了為難的表情。

「我喜歡和封平瀾那些人混在一起，因為跟著他們總是會遇到有趣的事。不過呢……」伊凡站起身，雙手搭上了伊格爾的肩，「一起過影校生活，一起解賞金任務，是很刺激有趣。但是對抗綠獅子與皇族組成的叛軍？那可不是我們該做的事。」

伊格爾沉默了幾秒，「……那些妖魔來找我們，他們信任我們。」

「別傻了，這不是信任，是把我們拖下水。」伊凡翻了翻白眼，「若是把這件事和本家報備，長老們一定也會要我們置身事外。就算前理事長真的是無辜的，但是現在證據不足；在和叛軍槓上之前，還有協會擋在前方。本家的人不可能讓我們與罪犯扯上關係，這對家族的名聲不利。」

伊凡頭頭是道地說著。伊格爾安靜地聽，就像平常一樣。

伊格爾不善言辭，總是讓著伊凡，順著他的意見。伊凡本以為這次也是這樣。但是他發現，伊格爾靜靜聆聽的同時，那灰藍色的眼眸漸漸被悲傷給填滿。彷彿下一刻，便會化為淚水滾落一般。

「伊格爾？」

「你的語氣和本家那些長老一模一樣……」伊格爾低語。

伊凡看著伊格爾，對方的眼中出現了罕見的抗斥與不認同。

伊格爾以從未有過的嚴肅語氣開口，「這不是選擇了我當契約者的那個妖魔。」

伊凡愣愣。

他和伊格爾的契約雖是在母胎時便立下，但是必須在伊格爾會說話以後，親自開口說出契詞，整個契約才能穩固。

伊格爾很晚才會說話，家族中的人以為他有智能障礙，在暗中竊笑著伊凡的失算，選到了無能的契約者，永遠不可能有任何作為。

伊格爾直到六歲，才能完整地表達自己的意見。在伊格爾六歲生日的那天，他重申了契詞。

「契約立定之後，在你死前都無法改變了喔。」伊凡笑著開口，「要反悔的話現在還有機會。」

伊格爾搖頭，堅定地開口，「我要伊凡。」

伊凡挑眉。

看來這小子挺機靈的，知道擁有契妖之後，就能為所欲為了吶。

「你想要我為你做什麼呢？」伊凡好奇。

「我想要伊凡。」伊格爾看著伊凡，隔了片刻，才開口，「我想要你當我的弟弟。」

這答案讓伊凡挑眉，「喔？」

「我想要伊凡當我的弟弟，陪我一起玩，一起學習……」伊格爾看著伊凡，「不要像契妖那樣。」

「伊格爾・米海爾維奇！」家族中的長輩聞言，嚴厲斥聲。他們擔心伊凡會因此被激怒，而做出對伊格爾不利的事。畢竟，雖然立了契，但伊凡可是奧赫尼考夫家族裡最強大的妖魔。

伊格爾低下了頭，不再開口。但是伊凡對這孩子仍相當好奇，「然後呢？成為你的弟弟之後呢？」

「我會對你很好，我會保護你。」

「為什麼不想要一個哥哥？」

「……我要變強。」伊格爾認真地說著，「爺爺說，有想保護的人才會變強。」

伊凡聞言，愣了一秒，接著仰首大笑。

很好，他果然沒選錯！不愧是與他立約者的直系子孫！

「一屋子懦夫，只有這傢伙有點出息。」伊凡轉變身形，化成和伊格爾一模一樣的七歲幼童，「不管怎樣，以我的年齡和能力，我是不可能成為你的弟弟的。但是我會變得和你一樣，我們就像雙胞胎，我會陪伴著你成長。我會教你保護人的方法，讓你知道怎麼保護我。」

「好……」

「第一課，永遠記得你方才展現出的勇氣，不許改變。」伊凡湊在伊格爾的耳邊，笑著低語，「我不想成為懦弱者的契妖。」

當年的契妖與男孩，一起長大，成為少年。

「你說你不想當懦夫的契妖，現在，你卻要我走上怯懦者的道路嗎，伊凡？」伊格爾輕聲質問，「這不是兄長該說的話。」

伊凡看著眼前的伊格爾，對方的眼中有著不曾動搖、不曾改變的堅定，和當年一樣。

他眨了眨眼，接著大笑出聲。他猛地跳起身，撲向伊格爾，用力地將對方抱住。

「伊格爾！」他用力地拍著對方的背，「好樣的伊格爾，我的伊格爾！你怎麼可以這麼完美、這麼讓人喜愛呢？」

伊格爾不曾改變，但他卻變了。

因為他太愛太愛這個忠厚正直的人類，所以寧可把伊格爾留在身邊，也不想要讓他涉險。

面對伊凡用力的擁抱，用力的稱讚，伊格爾臉頰微微發紅。

「我也喜愛伊凡……」

伊凡抬起頭，無奈地苦笑，「要是你死了的話，我要怎麼面對接下來的人生呀？」

他要多久以後才能再遇到這樣的伊格爾呢？

伊格爾抓了抓頭，「不用擔心，如果我們幫助封平瀾的話，或許會一起陣亡。」

伊凡愣了兩秒，接著再次仰首大笑。

「好樣的伊格爾，真是好樣的！」

伊凡彈指，被丟到一角的羽翎飛回他的手中。接著，他召出短刃，在自己的指間刺了一記，然後把刀子遞給伊格爾。

伊格爾也做了相同的動作。

兩人握著黑羽，一同將鮮血滴上。

海棠非常苦惱。

旅館的桌面上平放著黑色的羽毛，桌前的海棠雙手搭在頭上，撐著頭，髮絲被抓得凌亂。

他覺得自己像是在面對補考考卷，只有一次的機會，沒通過的話，明年便要從頭再來。

封平瀾那傢伙……

明明只是個平凡人，為什麼可以惹上這麼多麻煩啊！連協會中央的召喚師也沒辦法一口氣攪進這麼複雜的問題裡！

海棠發出了一陣苦惱的呻吟。

封平瀾救過他，他應當有所回報。但是嚴格來講，皇族的妖魔也是被他引來，如果不是他和那六隻契妖立契，根本不會引來玖蛸，讓他落入險境。

不過話又說回來，當初如果不是他自己去招惹封平瀾的話，也不會被玖蛸盯上。

海棠左右搖擺。他想說服自己，找到最佳解答，卻發現這比考試還困難許多。

他想幫助封平瀾，但是，面對這樣敵人，他們根本沒有勝算。封平瀾應該也不希望他的朋友為他犧牲吧？

可是，當自己被玖蛸擄走時，封平瀾的契妖並不在身旁，他只是個剛踏入影校沒幾天、什麼都不懂也不會的平凡人，卻冒著毫無勝算的風險前來救他。那時候他們甚至連朋友都不是……

有沒有什麼兩全其美的方法？不用讓他冒險，也不會讓他良心不安？

海棠用力思考，他覺得自己的腦子好像要爆炸了一樣。

「啊！該死的！混帳！」他忍不住用力搥桌洩憤。

侍立在一旁、靜靜地守著海棠的曇華苦笑。「海棠少爺，您——」

海棠舉起手，制止曇華開口。「不要說話，不准對我說教！不准給我建議！不要影響我！」

「我不打算對您說教。」

海棠轉頭，狐疑地看向曇華。

「思考不是海棠少爺的強項。」

海棠瞪大了眼。

這是在直接說他笨嗎？

「既然如此，為什麼要勉強自己做不擅長的事呢？」曇華揚起溫柔的笑容，「不要思考，不要比較，直接照你心裡的直覺去做吧。這才是海棠少爺。」

海棠看著曇華，接著重重冷哼。

確實。思考不是他的強項。

海棠看向羽毛。

然後抽劍刺向指腹，血珠自指尖湧出。

他要去，他要想辦法見到封平瀾，然後狠狠地嘲笑對方。

他要向封平瀾這外人展現身為召喚師的尊嚴！

市中心，休閒會館。

黑色的羽毛端放在房間中央，一陣一陣顫動，灑出橘色光粉。妖魔們環繞在旁，盯著羽毛，等待著第一位盟友出現。

「我猜是蘇麗綰。」璁瓏開口。

「我也是。」

光粉像是噴泉一般向上湧出。光芒褪去時，一個渾圓的身影出現。

眾人錯愕。

宗蜮站在房中，左右打量著豪華的廳房。

「……你們殺了這裡的屋主？」

「並沒有，」索法開口否認，「我就是屋主。在人間混了幾百年，銀行的利息非常可觀。」

「你怎麼來了？」墨里斯反問，「我以為你不會出現。」

宗蜮挑眉，「我得找人賠償我的沙發……」他低頭，摸了摸自己的身軀，「這是空間穿越的咒語？」

「不，這只是幻影，你仍停留在你原本的空間，只是看起來像是來到這裡。」

「第一次看見幻影能這樣操作……」

索法得意地笑了笑，「皇室出品，當然不同凡響。」

「所以，只有我一個召喚師？」

「時限還沒到，還不能確定。」

「目前有什麼進展？有什麼計畫嗎？」

「仍然以搜集情報為主。」殷肅霜開口，「目前我們正試著與柳浥晨和葉珥德連上線，確定所有人手之後，才會進行下一步。」

「也就是沒有任何進展。」宗蜮冷笑，「給你們一條線索，蜃煬和這事脫不了關係，他在幫助那個滅魔師。」

「蜃煬？」殷肅霜微愣，「你確定？」

「我剛去了雅努斯。」

「不意外，他厭惡協會，當然願意協助綠獅子。」墨里斯開口。

「重點不是他為什麼要幫助綠獅子，而是為什麼滅魔師會找上他。」索法開口，「雅努斯這樣的情報中心到處都有，蜃煬所處的並不是最中樞機要的據點。仇視協會的服刑者有更好的人選，為什麼選擇了難以控制、情緒不穩定的蜃煬？」

「他有什麼特別之處？」璁瓏好奇。

宗蜮不語。

蜃煬的特別之處在於，他施行過禁忌的咒語，將自己轉變為非人非妖的東西。

若蜃煬是因為這點而被選上，那麼，封平瀾的哥哥到底打算做什麼？

「我們會再調查。」殷肅霜開口，「收好那根羽毛。當它再次閃耀時，便是聚集的時刻。」

宗蜮哼聲，「希望下次來時有真正的進展。」

過沒多久，伊凡和伊格爾出現。

「這裡的實際地點在哪裡？」伊凡看著房間，嘖嘖稱奇，「原來當逃犯可以過得這麼爽，我才不要透過幻象，我要親自過來一趟！」

「未成年者進入這裡唯一的方式是當別人的玩物。」索法冷笑，「我相信這裡一堆有錢老頭會搶著要你進屋服務。」

伊凡和伊格爾離開之後沒多久，海棠抵達。

最後，在時間快要截止時，蘇麗綰姍姍來遲地現身。

「抱歉，我來遲了。」蘇麗綰不好意思地開口。她身上的衣服破爛，露出的肌膚上處處有傷口，看起來明顯經歷了一番戰鬥。

「發生什麼事了？」冬犽擔憂地詢問，「敵人找上妳了？」

「噢，不，不是。」蘇麗綰尷尬地笑了笑，「過來之前，我和終紘有些爭執……」

「他攻擊妳？」

「正確來說，」蘇麗綰撥了撥頭髮，似乎有點羞怯，「是我們兩個打架了……」

眾妖愕愕。

「真是個好女孩。」百嘹伸手，笑著撫了撫蘇麗綰臉頰上的擦傷，「妳會出現在這裡，代表妳贏了？」

「呃，其實沒有。」蘇麗綰低下頭。

她和終絃在結界裡激戰。她發動了各種招式、從各個角度攻擊。但是，所有的動作全被終絃看穿，一一化解。

「妳贏不了我的。」終絃揮劍，斬斷了襲來的紅繩。「我承認妳的能耐長進了不少，但還是太弱。」

終絃伸手，數枚玻璃碎片朝著蘇麗綰射出。

蘇麗綰連忙張起防禦，但是長時間的戰鬥消耗了她的體力，讓她的反應變得遲鈍。兩枚碎片穿過繩網，劃傷了她的手臂。

她疲憊不已，終絃卻仍游刃有餘。

看來，她是沒辦法贏過終絃，前去和希茉會合。

如果她更強就好了——

不，等等。

蘇麗綰忽地靈光一閃。

那些契妖來找她，並不是因為她的強大。而是因為她是平瀾的朋友，是他們的伙伴。

所以，她不需要說服終絃自己的能力足以應對危機。那並沒有意義。

終絃看著蘇麗綰不再發動攻擊，以為對方放棄。

「我贏不了你……」蘇麗綰開口。

終絃放下劍，「很高興妳終於認清現實。」

「終絃雖然總是瞧不起我、嫌棄我，但也總是盡忠職守地保護我，讓我免於險境。」蘇麗綰輕語，「但是我不想要被保護。」

「等妳實力夠了，妳便能保護自己。」

蘇麗綰發出一陣嗤聲，這讓終絃感到刺耳。

「如果契妖存在的目的，只是把我當成搪瓷人偶藏在保險箱裡，那我寧可不要。」蘇麗綰猛地拍掌，所有的紅繩纏向終絃。「我要的不是保險箱，而是能和我一同赴險、和我一同戰鬥的伙伴！」

她火速張開結界開口，一躍而出，封閉出口，然後迅速闔上鏡子，把終絃的咆哮關上。

她連忙在時間將盡之時，將血滴上了黑羽。

「抱歉讓妳面對這樣的事。」殷肅霜歉然開口。

如果不是情勢危急，他不願讓自己的學生涉入這樣的危境之中。

「不用抱歉。」蘇麗綰燦笑，「我很高興你們和平瀾一樣，把我當成同伴。」

早晨十點，市區的商店街，店家一一營業。

粉紅肉球的大門比平時提早了一個小時開張，店長柳浥晨一大早就親自坐鎮，等待促銷活動所發揮的效益。

等著那特別的客人上門。

十點半，店內的電話響起。

「喂，粉紅肉球您好。」

接通的那一刻，在外頭駐守的巡邏者，同時開始監聽。

「妳好，我看到促銷廣告。」帶著磁性的醇厚嗓音傳來，「我想要訂購一些商品。」

「好的，請問您要什麼？」

「特價的每一樣商品，都各給我一份。」

柳浥晨的心臟跳漏了一拍。

是他們！他們發現了她隱藏的訊息！

她努力地維持淡定，「我確認一下，所以是奶粉、清潔劑、餅乾、糖果和酒精對嗎？」

「對。」電話彼端的人笑了笑，「等等，貓草糖果再多買五份好了，我喜歡糖。」

柳浥晨微微勾起嘴角，「只要這些就好了嗎？」

「是的。如果可以的話，我想安排健康檢查。妳應該認得我家的寵物吧？」

「那個憑發票抽獎的才會贈送。您是黃先生對吧？」柳浥晨咳了聲，「您家寵物還好嗎？上次我們接牠來洗澡，結果牠吐得滿車都是，很少遇到這麼容易暈車的寵物呢。」

「是啊，這讓我非常困擾。」

柳浥晨繼續開口，「那麼黃先生，您訂的東西，一樣是直接送到家裡嗎？」

「對。」

「那麼我向您確認一下地址是否有錯。」

柳浥晨緩緩地報出一個地址，百嘹趕緊抄下，同時在心裡暗暗讚賞對方的細心。

她自己提供地點，讓百嘹免於在電話中曝露藏身處，讓他們多了一層防護。

「是這個地址沒錯吧？」

「是的，沒錯。妳什麼時候方便送過來？」

「你們什麼時候方便取貨呢？」

「都可以，為了等妳，我隨時有空。」百喙笑道，被索法白了一眼。

「呵呵呵，黃先生真愛開玩笑，小心被告性騷擾喔。」柳浥晨回以官腔的笑聲，「那麼就老樣子，下午三點見囉。」

「沒問題。」

掛上電話之前，柳浥晨停頓了片刻，開口，「……你們不會像上次一樣放我鴿子吧……」

「絕對不會。」百喙保證，「不見不散。」

封平瀾和岳望舒站在封家老宅，看著坐在地上玩玩具的孩子。

那是五歲的封平瀾。他的父母蹲在封平瀾的身旁，努力地逗著孩子，不斷地和小平瀾說話。

客廳的另一隅，封靖嵐以自責而痛悔的表情看著三人。

小平瀾的反應有些退縮，他一臉茫然地看著自己的父母，接著轉過頭，望向封靖嵐，似乎有些不知所措。

母親放下了手中的玩具，無力地垂肩嘆息。他的父親安撫性地揉了揉妻子的肩。

「會好轉的。」封平瀾的父親開口。

「他太頑皮了，如果我多管教他，就不會這樣……」

岳望舒看向封平瀾，等著封平瀾說明。

「我小時候好像出過車禍，撞傷頭的樣子。」封平瀾不好意思地抓了抓臉頰，「總之，還好沒有撞壞，哈哈哈哈哈！」

「好像？」

「是啊，因為我記不得事發的過程，那是靖嵐告訴我的。」

站在角落的靖嵐忽地走向自己的家人，沉痛地開口，「是我的錯。」他牽起封平瀾的手，「我會盡我所能地修復這個錯誤。」

「修復？」封靖嵐的用詞，讓封平瀾感到耳熟。

「怎麼了？」

「蜃煬也和我提過，說靖嵐極力想要修復被我弄壞的東西。」封平瀾抓了抓頭，

「我以為是我弄壞了什麼，但是現在看起來，感覺像是靖嵐自己弄壞了某樣東西。」

「呃，目前壞掉的只有你的腦子。」岳望舒指著一臉呆滯惶恐的小平瀾，「如果他說的錯誤是你出意外這件事，那麼他修復的方式可真差勁。」

封平瀾皺眉，陷入沉思。

他設想了無數種可能，但全都不合理。

到底是什麼東西壞了呢？

場景扭曲，再次開始變動。

「接下來要回到四歲了。」岳望舒開口，「回到逆時咒語斷落的時間點。」

扭曲的場景忽地定格，接著被一片紫色的光霧給籠罩，讓人看不清四周的景象。

「這是怎麼回事？」

「你被下了暗示，導致四歲時的某段記憶被遮蔽。」岳望舒看著光霧開口。

「所以，這就是逆時咒語無法正常運作的原因嗎？」

「這暗示會干擾逆時咒，但是咒語會跳過這段被干擾的區域往前溯返，至少可以回到剛出生時的那一刻，而不是直接中斷。沒有記憶可以溯返才會中斷。」

封平瀾看著這混濁的紫色光霧，「蜃煬的咒語也是這個顏色。」

「那麼，應該就是他下的咒了。」

「沒辦法解除嗎？」

「沒有。」岳望舒伸出手，穿過光霧撥開一個破口，「不過，因為你現在處於自己的意識當中，所以可以避開咒語本身，直視那段被咒語覆蓋的記憶。」

封平瀾彎身穿過缺口，岳望舒跟著跨出。

兩人通過光霧的那一刻，愣在原地。

因為出現在眼前的，是矗立在暗夜中的雪白洋樓。

「呃，我們又回到後期的記憶了嗎？」

「照理說應該沒有……」岳望舒看著洋樓，發現了異常之處。「等等，屋子和剛才不太一樣。外牆是乾淨的，沒有那些符咒和文字。而且，看起來也沒那麼老舊。」

封平瀾盯著那熟悉的洋樓，錯愕不已。

所以，這代表他在十二年前曾經來過這裡？

屋裡傳來了聲音，封平瀾和岳望舒循聲步入屋中。

大廳裡，六座妖魔的雕像矗立其中。現場到處是打鬥的痕跡及血汙。

戶外，傳來了打鬥聲。

封平瀾衝向庭院。

一道黑影駐立在夜色中，彷佛絕望的具現化。

那是封靖嵐。

他的表情被震驚、錯愕，以及強烈的悲痛給占據。封平瀾從沒看過對方有這麼強烈的情緒。

他順著封靖嵐的視線，往地上望去。

在封靖嵐的腳前，兩個身形躺在地面，一大一小。

小小的身影是年幼的封平瀾。他渾身是血，胸口有一大灘殷紅，像是綻開的花朵。他的眼神渙散，身體微微地發顫。

躺在小封平瀾身旁的，是一個有著金髮的妖魔少年。

封平瀾認得那張臉，他曾經見過那張臉！

是那個在郵輪上、住在中層艙房裡、名叫小兵的少年！

金髮少年渾身是傷地跪在地面，頸子、腕上的肌膚被黑色的紋路環繞，看起來有如烙在皮膚上的枷鎖。

「……平瀾？」封靖嵐以顫抖不安的語音輕喚，語調中有著深切的擔憂與關愛。

封平瀾從來沒聽過他哥這樣叫喚他。

封靖嵐跪下身，將封平瀾年幼瘦小的身子抱起，擁在懷中，急切地開口。

「聽得見嗎？平瀾？平瀾！」

小封平瀾不住地喘息，許久之後才轉為平緩，但呼吸聲仍非常渾濁。他將失焦的雙眸轉向音源，似乎努力地維持清醒。

稚氣的小臉被困惑和不解填滿，似乎完全不曉得發生了什麼事。

「平瀾，聽得見嗎？回答我，你覺得怎樣？平瀾！」

痛苦的低吟，從躺在另一側的金髮少年喉間發出。他坐起身，張著妖異的眼，不解地望著封靖嵐，淚水止不住地滑落臉頰。

「……靖嵐哥？」金髮少年輕聲開口，恐懼不安地看著周遭，接著低頭看向自己的身體，「我好痛……到處都痛……」隨即他發現封靖嵐懷中的孩童，驚慌不已。「為什麼我躺在那裡？……我、我死掉了嗎？」

封靖嵐不敢置信地瞪著金髮少年，全身僵硬。

「……奎薩……爾？」

懷中的人以稚氣的童音，喚出了一個名字，接著便陷入昏厥。

當小封平瀾閉上眼的那一刻，世界陷入黑暗，像是被切斷電源的電視。

這裡，就是封平瀾記憶的起始點。無法再向前回溯。

下一刻，空間轉回到那有著詭豔色彩的幽界之空。

岳望舒不安地看向封平瀾。

封平瀾臉色慘白，血色盡失，有如死人。

Chapter8

對學生而言，比起自己請長假更開心的事是老師請長假

老公寓上方的鐵皮屋，沒有任何窗戶。密閉的空間，被嚴密而強勁的咒語包覆，阻斷了一切入侵或逃離的可能。

屋裡的空氣沉濁窒悶，幸好時值冬末，否則這屋子會變得像烤箱一樣，讓裡頭的人更加痛苦煎熬。

岳望舒坐在封平瀾身旁，觀察並維持對方身上的咒語穩定運作。

「唔……」

昏迷中的封平瀾，喉間發出陣陣悶吟，身子微微抽動。

岳望舒伸手拍了拍封平瀾的胸口，試著讓對方好過一點，並幫他把被子拉上。

東尉把封平瀾交給他之後，便不再出現，不知道是在忙什麼。

這讓岳望舒有機會偷偷地施些小咒語，讓昏迷中的封平瀾身子舒緩，不至於因為久臥在床而疼痛不適。

他伸手撫了撫封平瀾深鎖的眉頭，暗嘆了聲。

「你在裡頭經歷了什麼？看到了什麼？」

可惜他無法再次施展做美夢的咒語，那會與蜃煬加諸在封平瀾身上的法咒相牴觸，影響咒語的運行。

岳望舒收回手，握向自己的頸子。頸部的黑色環紋看起來完整，但內部的結構已支離破碎。

還差一些就能解開了……

「撐著點，」岳望舒對著昏迷中的封平瀾低語。「我們要一起逃出這裡。」

下午三點，陪著柳浥晨休假在家工作的葉珥德，開著「粉紅肉球」的店車，來到某棟社區大樓之中。

葉珥德對大樓管理員打了聲招呼，管理員認出對方是常來的店家，便打開停車場的閘門，放他們通行。

一路尾隨在「粉紅肉球」車後的轎車，停在大樓對面的路旁，低調地看守等候。

葉珥德停好車，和柳浥晨扛著紙箱，搭上電梯，前往約定好的住戶。

柳浥晨按下門鈴，片刻，門扉開啟。

「嗨。」百嘹笑著開口，「把那隻愛吐的寵物接走吧。」

柳浥晨重重地鬆了口氣，漾起安心的笑容，步入屋中。當她看到殷肅霜和其他契妖、以及社團研的學生們都在屋裡時，驚訝地摀住了嘴。

「你們怎麼全都在這裡？」

「妳都費心安排好幽會小屋，我們當然要來。」百嘹笑道，「這裡的屋主是妳朋友？」

「不是，只是店裡的客戶。他和他老婆在打離婚官司，在法院判決前，他們的狗兒子就暫時在我們店裡寄宿。」

「妳怎麼確定屋裡沒人？」

「噢，因為屋主和他的情婦都被他老婆打傷住院了。」柳浥晨忍不住勾起嘴角，望向蘇麗綰等人，「你們不去上課沒問題嗎？」

「又不是只有妳能請假。」海棠沒好氣地開口。

「可是，這麼多人同時請假，學校准許？」

「當然准。」伊凡笑著開口，「因為學生集體食物中毒，所以當然准假囉。」

柳浥晨挑眉，「裝病這招似乎有點老套……」

「噢，雖然老套但是很經典。況且，請假的又不只我們。」

「啊？」

蘇麗綰輕咳了聲，「簡單來說，我們在食堂的其中一臺濾水器動了些手腳，有些同學吃到用那些水製作的食物，就……嗯。」

「妳應該去看看食堂和宿舍的廁所變成什麼樣子。」海棠竊笑。

他被罰過掃廁所，他知道負責打掃的人掃完之後應該也會請病假。

雖然對那些同學抱著同情和歉意，但是為了拯救世界，犧牲一下括約肌也是合理的。

柳浥晨有種想哭的衝動，她用力地抱住蘇麗綰。

「謝謝……」

「吶吶，下一個換我，我也有幫上忙喔！」伊凡指了指自己，換來柳浥晨的白眼。

「封平瀾呢？」

「他被他哥帶走了。順帶一提，他哥是滅魔師，但是在為綠獅子和三皇子做事。」百嘹輕笑著將整個情勢簡要地陳述。

柳浥晨陷入了沉思。

情況比她預想的更加複雜，太多令她驚訝的事實一口氣曝光在眼前，使她一時難以思考。

但至少有一件事值得慶幸。丹尼爾果然是無辜的，他並沒有犯下那些罪行。

柳浥晨深吸一口氣，看向手表。

「我必須離開了，協會的人還在大樓外守候，停留太久他們會起疑。」

「不用擔心，我們早有準備了。」海棠用手肘推了推宗蜮，「吶吶，快把你的作品拿出來，讓她見識見識！」

宗蜮沒好氣地轉身，走向放在牆角的一只長箱。

長箱打開，裡頭躺著一尊等身大的人偶。人偶身軀蓋著白布，樣貌和柳浥晨一模一樣。

「哇噢！」眾人忍不住讚嘆。

「很厲害吧！」海棠得意地開口。

「又不是你做的，你驕傲個屁！」伊凡沒好氣地吐槽。

柳浥晨走向長箱，蹲下身，看著裡頭的人偶，彷彿在照鏡子一樣。她偷偷掀起蓋在人偶身上的白布，往裡頭窺看了一眼，忍不住咋舌。

「這也做得……太精確了吧……」精確到讓她覺得毛骨悚然。

宗蜮輕哼了聲，「……宗家擅長做娃娃的可不只蜃煬。」他咧起陰森的詭笑，「不過，因為時間比較緊湊，所以有些細節我做得比較草率簡略。」

「比方說？」

「全身上下的毛髮，我都用做頭髮的材質去做，近看的話會有些失真……」

柳浥晨無言。「你可以直接省略掉……」

「放心，這樣反而有種自然清純的風味。」百嘹笑著安慰。

柳浥晨白了百嘹一眼，「這東西怎麼啟動？」

宗蜮吟誦咒語，長盒裡的人偶猛地坐起身，遮在身上的白布隨之掉落。

柳浥晨驚呼，連忙擋在赤裸的人偶前方，阻止春光外洩。

「班長，不用緊張啦。」璁瓏從容地笑道，「妳來之前我們都看過了。」

「喂！」海棠和伊凡怒視著璁瓏。

這白目的傢伙，竟然直接揭了他們的底！

「我可沒看，我們對妳的身體沒興趣。」墨里斯舉起雙手，直接劃清關係，「只有那幾個做賊心虛的小子，一看到人偶就興高采烈地吵吵鬧鬧。」

「又沒什麼大不了的。」璁瓏不以為然地說著，「我們要看的是宗小胖高超的手藝，又不是想看妳的裸體，不要自我意識過剩好嗎？況且，我還覺得他把妳的臀部做得太小了。妳是不是吃太多年菜了呀？妳和希茉看起來都有一點水平延展……」

希茉直接抬腳，朝著璁瓏踩去，強制靜音。

柳浥晨整張臉漲紅，分不出是出於羞愧還是憤怒。她深吸了口氣，咬牙切齒地說道，「這次暫且放過你們……總有一天我會清算這筆帳的！」

接著，柳浥晨拉著人偶走入浴室，換上蘇麗綰幫她準備的衣服，然後把自己原先所穿的衣服套在人偶身上。

幾分鐘後，葉珥德領著柳浥晨的人偶回到車上，開車離開大樓。

停在外頭的跟監車輛也跟著駛離。

「好，現在人都到齊了。」柳浥晨看向在場的所有人，「接下來呢？有任何計畫嗎？」

百嘹揚起燦爛的笑容，爽朗地宣布，「完全沒有。」

「我們必須確認所有的人力和物力資源，才能進行下一步安排。」殷肅霜回答。

「所以，我方的人馬有哪些？丹尼爾應該留下了不少人脈和武力吧？」丹尼爾暗地裡和聯合叛軍對抗那麼久，想必有不少的盟友。

「妳眼前就是全部了。」

社團研的學生們錯愕。

「後悔了嗎？」索法笑問。

「還好。」海棠扯了扯嘴角，「非常有挑戰性。」

他決定加入的那一刻起，便知道這是條艱險的道路。

封平瀾只是個平凡人，卻毅然地獨自踏上險途。他身為召喚師，不該比一個凡人軟弱。

況且，他有同伴。

「人多人少沒差，」伊凡雙手環胸，傲然輕語，「要是來一堆沒用的垃圾也只是白搭。我們這群人裡，雖然有幾個腦子不太好的笨蛋，但是以戰鬥力和默契度而言，在戰場上可是比協會的精銳部隊更難對付。」

「你說誰是笨蛋？」海棠質問。

「我是在稱讚你耶！」

「幼稚……」宗蜮嗤聲。

柳浥晨看著眼前互相吵嘴的同伴，心情莫名地放鬆，原本的焦慮感頓時消失。

她覺得，自己現在好像回到社團研的活動時間，和大家一起討論如何解任務。

只是，這次的任務是拯救世界。

「重述一下目前的情況，現在丹尼爾被捕，影校有不從者混在其中，協會本部被綠獅子和皇族的人滲透，清原謙行被控制，封平瀾下落不明。」殷肅霜深吸一口氣，「我們該從哪一條路線下手？」

「聽起來都很不容易……」感覺像是一群拿著新手裝備的人，第一戰就被派去打BOSS。

「滅魔師的手段非常厲害，設下了我們難以破解的僵局。」冬犽嘆了口氣，感慨地苦笑，「不愧是平瀾的哥哥，謀略策畫的能力讓人望塵莫及。」

提到封平瀾，眾人沉默。

封平瀾現在怎麼樣了呢？

當他知道自己的兄長做了這些事，他要怎麼面對呢？

「如果封平瀾在的話，說不定就能立刻想出解決的策略了吧。」海棠低聲開口。

「可是，要對付的是他哥，就算是他恐怕也沒辦法。」璁瓏不以為然地反駁，但停頓了兩秒之後，又改口說道，「不過，如果是封平瀾的話，或許能想出兩全其美的解決方式。」

「對，就像海棠被皸髓困在洋樓裡的那一次。」墨里斯想到過去，「那時我們差點和教師群撕破臉對上，但是他卻想出了和平的解決方式。」

「而且還順便搞定了社團申請。」伊凡接口。

「沒錯。」

「平瀾很善良……」希茉回想起封平瀾，漾起了溫柔的笑意，「他總是不希望看到有人受傷，希望任何人都有好結果。」

百嘹挑眉，忍不住輕笑，「現在是封平瀾的追悼會嗎？」

「呃，不是……」柳浥晨不好意思地輕咳了聲，「只是，這次的任務太艱鉅，一時間沒有頭緒……」

始終站在一旁、安靜地聽著眾人討論的奎薩爾，忽地旋身，走向陽臺。

「你要去哪裡？」冬犽連忙攔下奎薩爾。

「停止坐以待斃。」奎薩爾冷聲回應。

「但是現在情勢危急，四處都是敵人，在討論出明確的戰術之前，不該輕舉妄動。」

「既然四處都是敵人，那就直接殺出一條血路。」奎薩爾冷眼望向屋裡的人，冷嗤了聲，「你們可以留在這裡慢慢討論。」

「別意氣用事——」

「封平瀾在滅魔師的手上，雪勘皇子的下落也掌控在滅魔師的手裡。」奎薩爾森冷地低語，「三皇子的追兵也好，綠獅子的殺手也罷，就算是協會的軍隊也一樣，我會斬除所有擋在我前方的阻礙……」

他倒要看看，要死了多少同伴，那滅魔師才會出面！

語畢，他召出雙劍，眼看就要遁入影中，離開隱蔽所——

「奎薩爾！」

「等等！」柳浥晨忽地開口，像是想到什麼似的，眼睛一亮，「我認為他說的有道理……」

奎薩爾挑眉。

他不需要任何人的認同。

「混帳，妳火上加油個什麼勁！」墨里斯怒斥。

「你才混帳！」柳浥晨瞪了墨里斯一眼，「我是說他說的話有道理，又沒有說他的行動是正確的。」

「什麼意思？」

「留在這裡確實不可能找到解決方法，不如直接殺出去，轟轟烈烈地大幹一場，引起協會的注意！」柳浥晨興奮地說著，「這才是唯一的解決方式。」

璁瓏皺眉，「妳瘋了嗎？是因為自己的裸體被大家看見，所以悲憤到想出這種玉石俱焚的方法嗎……」

柳浥晨重重地搥了璁瓏一記，接著繼續開口。

「追捕你們的是皇族的人，滲透學校和協會的是綠獅子那方的人。而監禁丹尼爾並監視我的，卻是協會。」

「所以？」

「所以，可見綠獅子和皇族聯軍目前還不敢和協會攤牌。他們雖然掌控了協會的部分單位，但不是整個協會，可見協會對他們而言仍是個棘手的敵人！」

社團研的學生們互看了一眼。

確實。

蘇家、宗家、魏家和奧赫尼考夫家都是協會的軸心家族，目前為止，他們所掌控的部門並沒有任何風聲傳出。

索法猜出柳浥晨的計畫，勾起嘴角。

丹尼爾，你的外甥女和你一樣優秀……

「所以，妳打算向協會通報綠獅子的陰謀？」海棠不確定地開口。

「基本上是。」

「證據不足，他們不會相信的。」

「證據不足就製造證據。丹尼爾就是這樣被捕的。」

「要怎麼製造證據？」

「抓一、兩個皇族妖魔交給協會？」璁瓏提議。

「不不不，那樣太沒效率，而且不夠聳動。」柳浥晨揚起陰狠的笑容，「我剛剛說了，要做，就要做得轟轟烈烈。不只驚動協會，還要驚動整個召喚師世界——」

封靖嵐站在曦舫的通連結界旁，看著那已然成形的新結界。

等了十二年，終於走到這一步了……

這是他唯一可以挽回的事物，唯一可以導正的錯誤。

手機微微震動，他拿起，上頭的來電顯示是一長串的亂碼。

那是蜃煬打來的。

「晚安！」蜃煬的聲音從電話彼端傳來。

「有什麼事嗎？」

「我什麼時候可以離開這裡呀？」

「需要你的時候，自然會讓你出來。」

「不能提早一些嗎？反正結界已經穩固，何不直接開戰？」

他超期待的！他想要看戰爭，想要看妖魔和召喚師互相廝殺。他想看到所有的人被不幸和悲慟所綑綁！他迫不及待地想嘲笑那些苦難中的人！

「……時機尚未成熟，我不想把事情鬧太大……」他希望在最少傷亡的情況下達成自己的目的，然後全身而退。

並不是出於憐憫，而是他不想讓事態變得複雜。

他想和小兵悠閒地在中央公園騎著腳踏車，想要陪小兵去世界各地的博物館參觀。若是走到一發不可收拾的境地，他這簡單的夢想更晚才能實現。

電話彼端的蜃煬發出一連串大笑。

「噢，你真可愛。」

封靖嵐皺眉，「你有什麼事？」

「沒什麼。」蜃煬看著桌上散亂的拼圖，「只是想警告你，或許不是每件事都盡如人意地發展。」

「……現在的情勢，不可能有翻盤的可能。」

「別忘了，還有丹尼爾的主子呀。」蜃煬笑呵呵地提醒，「說不定祂會插手呢。你讓聖殿的祭司入獄，小心遭到天譴。」

封靖嵐發出不屑的冷笑，切斷通話。

蜃煬放下電話，趴在桌上。

無聊死了，還要等多久才能上前線看好戲……

還要等多久才輪到他出場？

蜃煬舉起手腕，看著繫在腕上的手環。

那是以雪白的髮絲所編成的，環上織入了強大的咒令。

蜃煬咧起笑容。

期待這手環派上用場的那一刻。

在民宅裡討論完之後，眾人各自散去。

宗蜮等人是利用黑羽投影出現，所以中斷了連線便直接消失。柳浥晨則跟著冬犽等人一同返回那奢華的隱蔽點。

蘇麗綰回到家中，走到桌前，拿起那面被她封閉的鏡子。

她深吸了口氣，將結界打開，進入結界中。

鏡中的世界出現一座古宅，那是終紘自己創造出的休憩處。

蘇麗綰進入屋中，穿過長廊，來到一座涼亭前。

終紘坐在亭中，低頭望著亭下的流水。

蘇麗綰走到終紘身後，輕聲開口，「對不起……」

終紘沒有回頭，只是淡淡開口，「如果妳認為自己做的是正確的事，就不該道歉。」

蘇麗綰嘆了聲，「你在生氣嗎？」

「是。」

蘇麗綰低下頭。

「但我不是氣妳，我是氣我自己。」

那總是唯唯諾諾、對他畢恭畢敬的女孩變了。那總是在鏡子後偷看他，極力想討好他的女孩變了。

她的視線不再盯著鏡子，而是看向別處。她不再想盡辦法地繞著他轉，她在其他地方找到自己的舞臺。

他不喜歡這樣的改變。

蘇麗綰眨了眨眼。

「我一直認為妳是個平庸的召喚師，一輩子不會有任何成就。所以一直以來，我把守護你、讓妳免於災禍，當成自己的首要任務。」終紘看向蘇麗綰，「是我限制了妳的格局。」

「不，你教了我很多東西，幫了我很多忙……」蘇麗綰盯著終紘，一時有點不知所措。

終紘看著蘇麗綰，片刻，衷心地宣告。「我願意與妳上戰場。」

被豢養太久，他差點忘了自己最初的身分。他也曾是戰士。戰士沒有挑選戰場的權利，即便知道會戰敗，也必須應戰。

「我認同妳是我的契約者。我會服從妳的指示與命令。」

蘇麗綰綻起深深的笑容，燦爛如煙花燃放。

她太開心了。她無法壓抑這樣的狂喜。

即使知道明天就要進行危險的任務，失敗的話不只身敗名裂，甚至有可能死亡。但是，那些恐懼與不安在一瞬間消失，完全無法撼動她此刻的心情。

「妳笑得太久了……」終絃冷聲提醒。

蘇麗綰連忙收斂笑容。

「既然你說你會聽從我的命令，」她故作嚴肅地開口提問，「那，如果我要求你吻我呢？」

終絃皺眉，看起來非常不予苟同。

「我開玩笑的。」她轉身，看似要離開，但冷不防地旋回腳步，往終絃臉上湊去，啄了一記。

終絃錯愕。

蘇麗綰以狡黠的笑容望著終絃。「這種事不需要命令，我自己來就好。」

開學後一週。

雖然校內有許多變動，但對學生沒有任何影響。不管是日校或影校，學生們千篇一律地上下學，過著平靜無波的校園生活。

有些人發現，社團研的社員彼此間互動變少，不像以往一樣下了課就聚在一起行動。不過這幾個人偶爾還是會閒談個幾句，看起來並沒有決裂。

大概是封平瀾走了之後，友誼的結構改變了吧。

上學期是朋友，這學期卻形同陌路，這種現象在學校裡並不是什麼稀奇的事。

傍晚時分，正值日校放學時刻。

「嗨。」白理睿坐入了柳浥晨前方的空位。

「走開，我現在沒心情聽你廢話。」柳浥晨低著頭，收拾著自己的東西。

「我只是想問問，妳有沒有封平瀾的消息？」

柳浥晨頓了頓，抬頭看向白理睿。對方的臉上充滿了擔憂。

她差點忘了，這個下流的傢伙也是封平瀾的朋友。

白理睿雖然有時候言行噁心，但是基本上是個好人，而且在許多時候自願幫忙，不求任何回報。

想到此處，柳浥晨的態度便軟化了些。

「沒有，我猜他可能還在適應新學校的環境吧。」

「噢。」白理睿點點頭，接著站在原地，猶豫了片刻，最終下定決心。「那，他去的新學校，是和『這裡』一樣的學校嗎？」

「我不知道，他沒有和我說。」柳浥晨低頭繼續收拾。

「不，我的意思是，他是去和曦舫一樣『特別』的學校嗎？」白理睿努力暗示。封平瀾遲遲未出現，所以他決定和柳浥晨坦承他知道的事，並且警告對方。

柳浥晨停下動作，狐疑地看向白理睿，「什麼？」

「其實我——」

「班長，妳好了沒呀？」伊凡的催促聲從旁傳來，接著，他和蘇麗綰、伊格爾一同前來。他挑眉看向白理睿，「你是抖M嗎？幹嘛纏著班長？」

「我只是——算了，沒事。」白理睿打消念頭。「只是來說聲再見而已。拜！」

今天不適合詢問，改天再問吧。

白理睿離去後，蘇麗綰用擔憂的口吻詢問柳浥晨，「小柳，妳還好嗎？」

「我沒事。」柳浥晨冷聲回應。

「那……妳要一起走嗎？」蘇麗綰刻意以略微尷尬的語氣說著，彷彿對當前的景況有些不自在。

「不用了，謝謝。」柳浥晨淡然回應，看起來像是刻意與對方保持距離，「我想一個人靜一靜……嗚……」句末，不小心哽咽了聲，像是壓抑的情緒不小心失控地流露。

「好吧……」蘇麗綰和伊凡互看了一眼，「那，等一下上課見囉。」

「嗯。」

當三人正要離開時，柳浥晨喚住了對方。

「等等。」

「怎麼了？」

「我等一下可能會晚點進教室，幫我……幫我和老師說我在休息。」

「好的。妳多保重。」

蘇麗綰等人離開後，看似傷心欲絕的柳浥晨，背著書包，悵然地穿過校園，來到了中庭的工地附近。

她找了個石階坐下，茫然失神地發著呆。過沒多久，淚水流下。

柳浥晨用手背將淚抹去，接著靠向膝蓋，獨自飲泣。

直到影校的上課鐘聲響起，她仍留在原地，沉浸在悲痛之中。

曦舫，校園外圍商圈。

大樓頂端，無人的天臺處，幾道人影佇立，居高臨下地留意著校內發生的一切。透過學生們身上帶著的黑羽，妖魔們可以立即掌控校內的情況。

「這女人真會演。」墨里斯咋舌，轉頭看向其他同伴，「沒問題嗎？」

「為什麼我得扛著這個……」璁瓏抱怨。

「因為你似乎對那個很有興趣，所以就交給你負責。」冬犽微笑，「誰叫你要對班長的人偶動手動腳。」

「只是摸個幾下而已，又沒有像希茉的影片那樣對待它……」

希茉花容失色，連忙否認。「那不是我的影片，是海棠的！」

「隨便啦。」

另一頭，歌蜜手中飄著晶印，晶印在空中投射出影校的結界符文。

她拋起晶印，一道白光閃過，射向校舍。

環繞著整個校園的結界，幽幽顯現。

潛伏在校內的不從者與妖魔，開始躁動。

「發生了什麼事？」

「有人動到了咒磚嗎?!」

「我不知道！」

歌蜜轉過頭，對著奎薩爾笑著開口，「接下來輪到你囉。來個震撼人心的開場吧！」

奎薩爾走向前。

他伸手，喚出雙劍。接著開始幻化，頎長的身影後方，張開了妖異的雙翼。

如果封平瀾在這裡，一定會興奮地驚呼，手舞足蹈地歡騰，大聲嚷嚷著要拍照留念……

奎薩爾閉上了眼，將腦中浮現出的封平瀾面容，暫時隱去。

——我會來找你。

一定。

奎薩爾睜眼，接著，毫無保留地釋放出所有的妖力。

強大的妖氣釋出，驚動了遠達方圓幾十公里以內的所有妖魔。

包括了三皇子的手下。

群妖有如嗅到鮮血的鯊魚，朝著妖氣的來源集中。

奎薩爾冷笑，舉劍，揮下。

一道巨大的閃電劈天而過，瞬間將整個夜空照得有如白晝，最後擊向曦舫，發出駭人的巨響。

曦舫影校的結界，被擊出了巨大的破口。

這是行動的信號。

散步在各處的契妖，紛紛動身，闖入校中。

這是他們的計畫。

今晚，他們不是影校的學生，不是任何人的契妖。

而是施行殺戮與毀壞的逆賊！

Chapter9

不要輕易逼敵手攤牌，因爲你有可能發現對方拿了一手好牌

劇烈衝擊讓曦舫的所有師生為之騷動，就連宿舍裡的學生也為之惶恐。

「有人攻擊影校！」

「啟動一級防禦！」

「結界外本體受到影響！住宿的一般生及附近居民也感受到了異狀！」

「分兩路，一路修補結界，一路鎮定平民！」

校內的召喚師，訓練有素地隨機應變，對抗著突如其來的攻擊。學生們慌亂不已，沒人料到在安全的校園內竟然會發生這樣的事。

「大家冷靜，緊急防禦咒已經啟動，不用擔心。我們已在第一時間通報，協會已派人前來支援。」教室裡的老師們安撫著學生，「留在教室，不要妄動，警報解除前不得離開。」

「老師！」蘇麗綰焦急地站起身，擔憂不已地開口，「柳浥晨還在外面！怎麼辦？」

奎薩爾衝入校內，直飛工地。

黑影閃過，血花濺起，數名妖魔身首分離。

慘叫聲接連響起。

「是誰？敵人是誰?!」

影子緩緩上升，有如鬼魅，手持雙劍的頎長身影幽然現形。

有妖魔認出了那人影，驚呼，「奎薩爾——」

劍光揮動，說話者話語卡在喉間，再也無法發聲。

「告訴三皇子，他永遠不可能登基。」奎薩爾森然輕語，「因為，他和他的手下盡是無能的廢物。」

眾妖勃然，紛紛幻化，現出原形。

同行的綠獅子成員裡有幾個感到不對勁，連忙開口制止。

「慢著，這可能是陷阱，停手！」

狂風掃過，擾亂了場中人的話語聲。

天空出現數十道黑影。那是三皇子的士卒。

妖魔們在遠處發現了他們搜尋已久的目標，並且，那些目標正與自己的同伴激鬥。

「是奎薩爾！」

「還有冬犽……」

「還有我！」

狂放的笑聲傳來，接著是一記巨大的火球，擊中了前來的援軍。

希茉揮動音叉，迴音將敵方射來的毒刃擊落，刺耳的波聲迴蕩，衝撞著敵方所有的防禦咒。

百嘹甩鞭，千萬根細針如雨絲一般迸射而出，帶著毒性的細針，在擊中目標後便開始侵蝕肉體。

六名契妖勢如破竹地橫掃敵軍。三皇子的妖魔雖一時居下風，但是不斷有新的援軍抵達。群妖竄動，蜂湧向前。

很快地，六名契妖看似不敵眾人的勢力，開始後撤。

百嘹和冬犽一同穿過結界破洞，進入影校，將妖魔引入校中。

妖魔們在後頭追著，但冬犽和百嘹始終超前。待了一個學期，他們熟稔整個校舍的結構和環境，也知道每一個死角，行動游刃有餘。

他們來到了樓梯，接著聽見彼端傳來雜亂的腳步聲。

百嘹對冬犽使了個眼色，接著拿出歌蜜給的晶印，往轉角處的鏡子一蓋，接著躍入鏡中。

追在後方的妖魔，很快地便撞上迎面而來的影校召喚師。一場激戰隨之展開。

校園另一側的體育館更衣室，位在牆面上的大幅鏡面開始扭曲，兩道人影從中穿出。

「時間差不多了，準備到會合點。」冬犽提醒。

百嘹看著身旁的空間，感慨。「好久沒來了，真懷念。」

「這裡是女子更衣室……」

百嘹咧嘴，「我知道。」

當閃電擊中校舍的那一刻，柳浥晨便躲在歌蜜給她的晶印結界中，屏息以待。

她觀察著妖魔戰鬥的情況，同時關注著校內召喚師的一舉一動。

校內的召喚師和契妖，全副武裝地出現在校舍彼端時，柳浥晨對著黑羽開口，對遠方的同伴下達指示。

「他們來了！」柳浥晨勾起嘴角，「在眾人面前，華麗地殺死我吧。」

柳浥晨跨出結界，深吸一口氣，接著盡自己所能地發出最淒厲的嘶吼。

「啊啊啊啊啊——」

接著，她召出大鎚，衝入戰場。

妖魔們看著這驚叫著闖入的人類，一時分神。幾名妖魔因為這千分之一秒的分神，被柳浥晨的巨鎚給擊中。

噁心的骨肉碎裂聲接連響起。

柳浥晨的動作行雲流水，她揮動著不成比例的大鎚，橫甩、直劈、斜砍，她豪邁地抬腿，以極為不雅卻又流暢的姿態，重踹敵軍。

三皇子的手下驚愕，「雪勘皇子什麼時候多了這麼粗暴的契妖?!」

「我不是契妖！」柳浥晨伸腳，用力一跨，蹬向空中，轉身給敵手一記暴擊，「我是人類的少女！」

「來了。」希茉對場中的人打了個暗號。

璁瓏召出水幕，沖向柳浥晨，在她的身前構成一道防禦。

妖魔們對著水幕發動攻擊，但水幕堅不可破。

就在召喚師們抵達現場的那一刻，水幕消失。

累積在屏幕外的妖咒與武器，少了攔阻，一口氣暴衝，向前飛襲——

「不——」

跟著教職員一同抵達的葉珥德，發出了驚恐的吶喊。他一個箭步，毫不猶豫地衝向柳浥晨，往自己的契約者飛撲而去。

數十種妖咒，同一時間襲向葉珥德和柳浥晨，兩人在眾召喚師面前慘死。

墨里斯召出火團，燃燒瑟諾給他的乾草。

濃煙竄起，瞬間籠罩住六名契妖。

煙散時，場內只剩下三皇子的妖魔，以及上百名殺氣騰騰的召喚師。

曦舫學園不遠處，商店街後巷。

堆滿雜物的窄小巷弄中，是前方商家的後門與防火梯所在之處，油膩的油煙味瀰漫。

瑟諾背倚著牆，口中叼著菸，吞雲吐霧，乍看之下像極了趁著空檔休息的餐廳廚師。

當六名契妖在學園裡製造動亂的同時，歌蜜、殷肅霜和索法則在遠處，維持著逃亡路線的法陣穩定運行。瑟諾則擔任了接應者與後備援軍的角色。

煙霧向上捲騰，環繞著防火梯；階梯下方，鐫刻著無形的符文，烙印著透明的印記。

指尖夾著菸，菸尾處忽地閃現一陣白色的火光。繚繞在階梯上煙絲盤旋，像蠶繭般將其中一段防火梯包覆住。

片刻，腳步聲自上方傳來。八道身影低調而迅速地步下階梯。

「時間正好。」瑟諾長吐出一陣煙霧，「走吧。」

煙散後，人影消失。只剩下一截菸蒂躺在地面，微弱地升起最後一絲殘煙。

妖魔們和柳浥晨在踏入會館房間的那一刻，如釋重負地鬆了口氣。

「我的演技如何？」柳浥晨癱在沙發上，疲累不已，但語氣仍難掩興奮。

柳浥晨綁著馬尾，後腦勺的下半部是禿的。她用藥水讓自己的部分頭髮脫落，留在現場，讓協會的人能辨識她的身分。

水幕出現時，柳浥晨便和人偶交換。水幕降下，站在原地的是宗蜮出品的完美人偶。

至於後來趕到的葉珥德，一開始就不在現場，那是烏羽化出的幻象。

「非常生動。」百喙讚許，接著看向葉珥德，「你也不錯。」

「多謝誇獎。吾好聽戲，故略通優孟之技。」葉珥德看向柳浥晨的後腦勺，惋惜地嘆了口氣，「可惜了那青絲……」

「沒差，反正還會再長。」

這次的突襲目的，便是製造騷亂。為的就是讓潛藏在校內的不從者和妖魔自曝身分，與協會的人正面交鋒。

他們的人數有限，無法對抗整個協會，更不可能對抗綠獅子和三皇子。

既然如此，乾脆直接現身，把所有的敵人攪和在一起，讓他們自行面對。

這次事件鬧得這麼大，加上有學生死亡，必定會震動整個協會，讓所有部門傾盡全力來調查。

「計畫順利進行。」索法冷笑，「死了個梵納特家的人，就算協會再怎麼想撇清關係，梵納特家也不會善罷干休了。」

一

夜晚過去，新的一天到來。

學生們陸續進入校內，開始一天的課程，彷佛什麼事也沒發生。只不過，有些學生看起來有些煩躁，有些則是疑神疑鬼，巴不得快點放學。

曦舫夜間受襲的事件，驚動了整個召喚師世界。

雖然騷亂在十五分鐘之內便平定，除了在工地施工的人員外，待在教室內的學生安然無恙，教職員裡召喚師也無人陣亡，但這樣的事前所未有。

更別提還死了個身分敏感的學生。

協會動員所有部門的資源前來調查，同時安撫民心。

調查之後，卻發現了更多的疑點。

在工地裡戰死的妖魔，有許多並未登錄名冊。死去的召喚師也和他們自稱的身分不一樣，甚至有通緝中的不從者。

於是，所有的苗頭全指向文教部長，道格拉斯。

但面對輿論和調查員的來電，道格拉斯遲遲未回應，僅透過視訊，露了一次面，說了些語焉不詳的話語之後，便中斷聯繫。

協會闇行司，遠東第二分部。

位在偏遠市鎮的工業區，工廠林立。其中一座工廠，四圍被高聳的水泥牆環繞，圍牆上設置著高階的防盜系統。

不只如此，圍牆內包裹著繁複的咒語，兼具強大的防禦與攻擊功能。

工廠內一片寧靜，似乎處於廠休期。

但是位在地底下的空間，上百名滅魔師聚集，蓄勢待發。

滅魔師肅立列隊，穿著同樣的服裝，戴著同樣的面具，完全隱藏起外貌的特徵。

封靖嵐也身在其中。

今日凌晨，他接到了闇行司的緊急召集令。他迫不得已，停下手邊所有的事，搭上飛機，前來位在臨近國家的分部。

他靜靜地聽著上司陳述發生在曦舫的事，以及刑偵部所發現的線索。

不從者入侵校園、殺害學生。協會發布警戒，要所有的滅魔師停止正在進行的任務，全力逮捕肇事的妖魔與不從者。

封靖嵐慶幸自己戴著面具。

否則，他真不知道該如何掩飾此刻的表情。

幹得不錯嘛……

何其機智，何其勇猛。能讓三皇子如此顧忌不安的雪勘皇子，果然連手下的將領也卓越過人。

他在心中冷笑。

既然用這麼粗暴的方式撕開他的底牌，那麼，就得付出對等的代價……

闇行司的緊急召集結束後，滅魔師各自從不同的出口離開，前去執行優先處置的命令。

至於封靖嵐，他並沒有執行任務，也沒有返回住處，而是去拜訪了他的盟友。

法國．巴黎。

當封靖嵐踏入大樓的那一刻，便被妖魔以蠻橫的咒語制服在地，押到了三皇子面前。

「發生在那所影校的事，我已經聽說了。」三皇子搖頭，看起來非常惋惜，卻又帶著些許快意，「你搞砸了，東尉。」

「沒有搞砸，一切都在計畫之內。」封靖嵐跪在地上，苦笑著開口，「若是搞砸，我不可能回來。」

「或許這是你企圖得到饒恕的方式。」一旁的祿鰲冷然地指控。

封靖嵐冷笑了聲，瞬間化解束縛在身上的妖咒，站起身，一個箭步逼向王座前。動作之快，讓在場的人完全沒有防禦或制止的機會。

但是封靖嵐什麼也沒做，他只是站在三皇子面前不到兩步的距離，揚起笑容。

「一切都在掌控之中，我沒有失敗。」他悠悠輕語，「以我的能耐，我也不需要你們的饒恕。」

「你——」祿鰲怒不可遏。

「夠了。」三皇子揮手，示意祿鰲安靜。他冷然看向封靖嵐，陰森地開口，「你說你沒有失敗？」

「是的。」

「那麼，接下來呢？」

「接下來，便是開戰的時刻。」封靖嵐燦笑，「宣戰吧，殿下。帶領你的子民攻下這個世界吧。」

義大利，佛羅倫斯。

綠獅子聖廷。

「你對於昨日的騷動有什麼解釋？」

封靖嵐還來不及開口呈報，西尉的責難便劈頭而來。

「有的。」

西尉挑眉。

「結界即將開通，戰爭的嚆矢提早射出。」封靖嵐對著西尉勾起挑釁的笑容，「接下來，輪到你表現了。」

騷亂後第三日，曦舫的學生們回復了以往的平靜。

不從者和妖魔突襲影校，雖然這樣的事件史無前例，但是來自召喚師家族的學生們，對於這類的襲擊並不陌生，有些學生甚至早已有過和不從者對抗的經驗。

到了第三日夜晚，影校學生們臉上已找不到不安的神色，每個人興致勃勃地討論著這次的攻擊，並且誇口若是自己在場，會如何與妖魔戰鬥，如何展現自己的戰鬥力。

「如果面對那群妖魔的人是我，那些妖魔沒有任何逃亡的機會。」曹繼賢口若懸河地吹噓著自己的能耐。

蕾娜則是虛假地表示自己對柳浥晨的死有多麼難過。

「如果我在場的話，我一定會盡全力地保護她。」

海棠等人經過休息區，看見那些人的嘴臉，忍不住扯了扯嘴角。

「這些人怎麼可以這麼無知又無恥啊……」

「幸好班長不在，不然她一定開打。」

「有什麼新消息嗎？」

「聽說協會已經重啟丹尼爾的案件，相信再過不久丹尼爾就會被釋放了。」伊凡開口，說著自己打探到的情報。

「今天晚上放學後直接去班導那裡集合，要討論下一步策略。」蘇麗綰說道。

「沒問題！」伊凡對於前往會館顯得躍躍欲試，「我一定要去見識一下那個用鎖鍊和鞭子當招牌的夜店在玩些什麼。」

「伊凡……」

影校的上課鐘聲響起，學生們紛紛進入教室。

課程進行到一半時，地鳴聲自中庭傳來，整座校舍開始微微震動。

「地震？」

「震度不大，應該沒什麼問題……」

眾人正困惑不已時，廣播聲響起。

「目前發生地震，但不造成危險。剛剛從中央傳來了指令，要所有的影校開啟文教部的頻道。」

各個班級開始動作，拉下螢幕，打開投影機。

「怎麼這麼突然？」底下的學生竊竊私語。

「大概是要說明前幾天發生的事吧？」

「先是工程裡混有不從者，這次又無預警地中斷上課，我看道格拉斯家族的人永遠不可能重返協會核心了。」

畫面先是一片雜訊，接著轉為清晰。畫面中是一張辦公桌，桌子後方端坐著文教部長道格拉斯。

「對於前天發生在曦舫的事，我感到非常遺憾。」道格拉斯表情僵硬地開口。

果然……

螢幕前的觀眾們互看了一眼。

接下來的流程應該就是辭去職位以示負責，然後把責任丟給下一任的倒楣鬼吧。

道格拉斯繼續開口，「因為，這樣我就再也沒有存在的必要了。」

下一秒，數根礫釘自背後射出，貫穿了道格拉斯的胸口和頭顱。

鮮血混雜著內臟和腦漿噴濺而出。

螢幕前的所有師生錯愕。

道格拉斯的身子微微一晃，倒向桌面。

鏡頭晃動了兩下，一隻手從旁橫過，將鏡頭轉向房間裡另一處。

封靖嵐坐在辦公椅中，倨傲地看著鏡頭。

「早安，晚安，世界各地的影校學生們，你們好。」封靖嵐對著畫面瀟灑地揮了揮手，「如大家所見，道格拉斯部長大人剛剛卸任，我們感謝他過去以來為協會的付出。」

封靖嵐拍了拍手。

「接下來呢，我要宣布幾件事。首先，致我那可愛弟弟的壞朋友們，因為你們的行動，讓我不得不以這麼粗暴直白的方式和大家見面。」封靖嵐燦笑，「再來，我要對協會的所有人提出一個建議，不准任何召喚師踏入任何一間影校所在的城鎮，至於理由，你們很快就會知道的。」

「這傢伙未免太囂張！」教職員室的召喚師們勃然，「協會中央有沒有任何消息？」

「從剛剛就聯絡不上了……」一名教師放下電話，不安地開口，「還有，從剛剛開始，影校的結界就一直發出震動，我們無法控制法陣的咒語……」

「什麼？」

「噢，對了，」畫面中的封靖嵐像是想到什麼似地笑著開口，「忘了說，為什麼我會提出那樣的建議，那是因為……」

嵌在校內結界的法陣轉動，發動了新嵌入的咒令。

影校所有學生手上的咒環同時泛起了金光，接著轉為深黑。黑色的咒環深深地刻入學生的靈魂裡，引發一陣刺痛。

驚叫聲接連響起。

「那是因為——」封靖嵐繼續開口，「每一所影校，每一個學生，都是我的人質。」

蘇麗綰等人驚愕地看著螢幕。

自背脊竄升的寒意，瞬間擄掠了他們的心思。

如果奎薩爾他們帶給召喚師措手不及的惶亂，那麼，封靖嵐帶來的，便是悚然驚駭的恐懼。

他們錯估了情勢。

他們確實擾亂了封靖嵐的計畫，逼得他提早攤牌。

但是，他拿的是一手好牌。

遊戲提早結束。

戰爭提早開始。

聖廷大廳裡，聚集了大批的綠獅子成員。

不從者們興奮不已，等不及與協會決一死戰，推翻這長久逼迫自己的仇敵。

寶座上，珂爾克穿著華麗的聖袍，凜然地看著她的擁護者們。

寶座前方，西尉穿著戰甲，朗聲地對著同伴宣布。

「革命的日子已經到來，這是聖戰，解放腐敗權勢的聖戰！」

眾人歡騰，一呼百諾地回應著西尉的話語。

然而，這樣激昂的時刻，珂爾克卻心不在焉。

為什麼留在這裡的不是東尉……

無聊死了。

西尉恭敬地來到珂爾克座前，謙卑地尋求指示。

「請聖女為我們指引爭戰的道路，為我們選定第一個攻掠的目標。」

珂爾克在心底冷哼了聲。

反正她也上不了戰場，要怎麼樣安排都無所謂。

她看向西尉，輕聲開口，「西尉認為該怎麼做，就怎麼做。大家聽從他的指揮行事。」

西尉看向珂爾克，露出了受寵若驚的神情。

他以為珂爾克在眾人面前將軍隊的指揮權交給他，是為了表現她的信任，並讓所有的成員尊崇他。

但珂爾克只是懶得思考。

「能得到聖女的賞識，西尉不勝感激。必定不負您所望。」

「很好。」

西尉轉過身看向眾人，朗聲開口。

「革命之路的第一戰——進攻中央監獄。」他義憤填膺地宣告，「前去釋放我們的同伴。讓他們一同參與這聖戰！」

Epilogue

黑暗傾巢而出，但更深的黑夜還未到來

暗夜，雅努斯殯儀館。

腳步聲自樓梯間傳來，響徹了位於地底的整個辦公間。

蜃煬坐在桌後，悠哉地看著出口，等著接他的人現身。

「晚安，讓你久等了。」封靖嵐對著蜃煬開口，「你可以滾了。」

「終於啊。」蜃煬歡呼，從座位中跳起，「再等下去，我的私處都要長出香菇了呢，哈哈哈哈哈。」

封靖嵐冷哼，「你要是安分點的話，我可以省去很多不必要的業務，讓你提早離開。」

「唉呀，我也是被情勢所逼，萬不得已才做出那些事的。」蜃煬裝模作樣地揮了揮手，好像自己真受過什麼委屈似的。「不管怎樣，反正全都照你的計畫進行，就不用計較細節了嘛。」

「確實。」封靖嵐斜睨了蜃煬一眼，「就算影響到計畫進行，我還是會帶你離開這裡。」

「喔？」

「只不過是分批帶走。」

「別這麼凶嘛。」蜃煬口裡這樣說，但壓根不把對方的恐嚇放在眼裡。

他跨出長桌，跟在封靖嵐的身後，走向出口。

在踏上樓梯的那一刻，他忍不住回頭，看了那囚禁自己數年的牢籠一眼，看向那陪了自己數年的長桌。

散亂的拼圖，以及那布滿裂紋的馬克杯，靜默地留在原本的位置。

「有什麼要拿的東西嗎？」

「沒有。」蜃煬笑了笑，轉過頭，繼續自己的腳步，「我迫不及待親上前陣看戲了！」

之前，他是坐在臺下的觀眾，也是暗中推動劇情的編劇。現在，他來到了後臺。

再過不久，就是他登臺的時刻。

他是最終登場的角色，也是舞臺上笑到最後的角色。

蜃煬走在封靖嵐身邊，忽地開口。

「喂，你哭過嗎？」

封靖嵐挑眉，「……出生的時候有。」

「誰問你這個。」蜃煬沒好氣地吐槽，「你弟出事的時候，你哭了嗎？」

封靖嵐沒有回答，他的表情暗沉了幾分。

「如果又發生一樣的悲劇，你會哭嗎？」蜃煬繼續追問。

他想看，他超級想看這不可一世的傢伙悲泣的樣子。

他希望在他的舞臺上可以看見這罕見的表演。

「……如果你自由後想做的第一件事是找死的話，我可以立刻成全你。」封靖嵐凜聲警告。

蜃煬悻悻然地撇了撇嘴。

真是小心眼的傢伙……

不過沒關係。

再過不久，他就會知道答案了。

協會，中央監獄。

綠獅子的軍隊，趁著協會因為封靖嵐那驚世駭俗的影片而忙得焦頭爛額時，一舉攻入了中央監獄。

獄卒和獄警們強力抵抗，但是協會在日前把所有的資源和人力調去處理曦舫的攻擊事件，使得援軍無法即時趕到。加上綠獅子大規模地破壞牢房，所有的囚犯都趁亂逃出，不管本身是不是綠獅子的一員，獄吏是他們共同的敵人。

很快地，綠獅子一路攻入了監獄的最裡層。

一名綠獅子的少將看著絕禁之間的外門，對著身旁剛被釋放的囚犯開口。

「這是什麼？」

「那是關閉S級罪犯的特殊牢籠。」

少將聞言，挑眉，「裡頭關著什麼人？」

「不清楚，只知道沒經過審判就被送進裡頭。」囚犯說出自己自獄卒口中聽見的情報，據實以答。

少將冷笑。

他非常熟悉這套模式，標準的協會作風。

綠獅子的成員裡，有許多人就是這樣入了獄，然後在正式審判前，就莫名其妙地死在獄中。

「……罪名是什麼？」

「通敵。勾結不從者，情節嚴重。」

「很好！」少將對著身後的下屬發令，「調人過來！把這牢籠撞開！」

絕禁之間。

丹尼爾渾身無力。

強光照著他，讓他分不出晝夜，分不出時間。

監獄的咒語幾乎耗盡了他所有的體力，此刻，他連呼吸都感到吃力。

他放棄了……

他不再祈禱，不再哀鳴，而是一心等著死亡到來，結束這漫無止境的折磨。

或許，這就是他的結局。在眾人唾棄之下，背負汙名，死在刑臺上。

或許，在他有生的年歲裡，沒有機會看見那復興的光芒照耀異界，照耀地極。

忽地，空氣中隱隱傳來震動，喧囂與轟響穿透厚壁，悶然在空間裡迴蕩。

他睜開眼。

那是什麼聲音？

當他想要更仔細地辨識聲音時，緊閉的牆門傳來了崩碎聲。

丹尼爾抬起頭。

雪白的牆面，出現了樹枝狀的裂痕，裂痕不斷向外擴散，嵌附在牆裡的咒語因異常的變動而竄爆出細小的火花。

「砰！」

牢門碎裂，坍塌。密閉的監牢，出現了個巨大的破洞。

丹尼爾瞪大了眼。

幾道人影步入牢中，將他自枷鎖中卸下。

受縛已久的手腳得到了解放，一時之間無法施力，丹尼爾整個人無力地癱倒在地。

但他很快就被扶起，有人細心地為他施展治癒的咒語。

他定睛一看，赫然發現救他的人身上佩戴著綠獅子的徽章。

「好些了嗎？」上將關心地開口，看著丹尼爾憔悴虛弱的身子骨，咬牙低咒，「協會那些狗雜碎，竟然這樣對待我們的同胞……」

丹尼爾眨了眨眼。

……他還在做夢嗎？

「現在是……什麼情況？」

綠獅子成員們揚起了興奮而驕傲的笑容。

少將深感榮耀地開口，「革命之日已經來到，不從者們的光榮之戰已經開始。我們會釋放更多同胞，從協會手中奪下掌控世界的權力！」

丹尼爾愣愣。

所以，戰爭已經開始了？

釋放他、讓他自由的，竟然是敵軍的人馬？

「你可以行動了嗎？」攙扶丹尼爾的不從者開口。

「可以……」丹尼爾站起身，「謝……謝謝。」

第一次向敵人道謝，他覺得非常怪異。

上將對身後的人示意，一名不從者拿了一把劍，交給丹尼爾。

「給你，保護好自己，為你的公理與正義而戰。」少將笑著開口，接著轉身，帶領著手下，繼續攻堅解放同伴。

丹尼爾握著劍，呆愣了幾秒，接著失笑出聲。

看來，他的使命還未結束。

他將刀收起，步出牢房，接著仰頭，望向靛色的夜空。

「謝了。」

——《妖怪公館的新房客11》完

藍旗左衽

高寶書版集團
gobooks.com.tw

輕世代 FW263

妖怪公館的新房客11

作　　者　藍旗左衽
繪　　者　zgyk
編　　輯　謝夢慈
校　　對　林思妤
美術編輯　彭裕芳
排　　版　彭立瑋
企　　劃　方慧娟

發 行 人　朱凱蕾
出　　版　三日月書版股份有限公司
　　　　　Printed in Taiwan
地　　址　臺北市內湖區洲子街88號3樓
網　　址　www.gobooks.com.tw
電　　話　(02) 27992788
電　　郵　readers@gobooks.com.tw（讀者服務部）
傳　　真　出版部　(02) 27990909　行銷部 (02) 27993088
郵政劃撥　50404557
戶　　名　三日月書版股份有限公司
發　　行　英屬維京群島商高寶國際有限公司台灣分公司
　　　　　Global Group Holdings, Ltd.
初版日期　2018年 2 月
六刷日期　2021年 7 月

國家圖書館出版品預行編目(CIP)資料

妖怪公館的新房客 / 藍旗左衽著.-- 初版. -- 臺北市：三日月書版股份有限公司出版：英屬維京群島高寶國際有限公司臺灣分公司發行, 2018.02-
面；　公分. --

ISBN 978-986-361-495-1(第11冊；平裝)

857.7　　107000326

三日月書版

三日月書版

GOBOOKS
& SITAK
GROUP©

GOBOOKS
& SITAK
GROUP©